1LDK、そして2JK。II ～この気持ちは、しまっておけない～

「お帰りなさい」
仕事で疲れて帰ると、
暖かい二つの声が待っていた。

「うー……やっぱ無理ー
……わかんないー
……頭が爆発しそう……」
テーブルに突っ伏しながらぼやく奏音。
問題集に顎《あご》を乗せたまま、
奏音は視線だけを俺に送ってきた。
「ねえ。かず兄が高校生の頃、
得意な教科は何だった？」
「数学だな」
「わ。見た目そのまんまだ」
「悪かったな、見た目通りで」
倉知奏音
くらちかのん
サラリーマン駒村の従妹のJK。母の失踪により駒村の家で暮らし始める。家事は得意だが勉強はちょっぴり苦手。

ひまり
ひょんなことから駒村の家で住むことになったJK。イラストレーターになるのが夢で、メイドカフェでバイト中。
まろん
「お、お、お水をお持ちしました……にゃん」
やけに震えた声は、とても聞き覚えのあるもの。
見上げると、他のメイド同様に猫耳と尻尾を付けたひまりが、水とおしぼりをトレイに載せて持ってきていた。
その胸には可愛い丸文字で書かれた『まろん』という名札が付いている。

「ずっと、好きだった……かずき君のこと。
二人より、ずっと先に」
道廣友梨《みちひろゆうり》
駒村の同い年の幼馴染み。
現在はフリーターとして
喫茶店で働いている。

1LDK、そして2JK。Ⅱ
～この気持ちは、しまっておけない～

福山陽士

ファンタジア文庫

2964

口絵・本文イラスト　シソ

目次

第1話　プリントとJK

それは五月の終わりのこと。

夕食を食べ終えてリビングのソファでまったりしていたら、奏音《かのん》がA4のプリントを渡《わた》してきた。

「はい、かず兄《にい》。これ」

何だろう。学校からのお知らせだろうか。

高校でも参観日とかあるのか？

いざとなったら俺が保護者として——と思考が力みかけていた俺は、プリントの文字を目にした瞬間呆気《しゅんかんあっけ》に取られてしまった。

「これは——文化祭？」

プリントには可愛《かわい》いクマと風船の絵が描《えが》かれている。

その風船の中には『祭』と手書きの太い文字で書いてあった。

文化祭か。懐《なつ》かしい響《ひび》きだな。

社会人になってから、そういう学校の文化祭とは全く無縁《むえん》だったしな。

「六月の終わりにあるんだよね」

「へー。六月にやるなんて珍《めずら》しいな」

「そう？」

「私の学校は秋にやってます」

と、ひまりも俺の横からプリントを覗《のぞ》いてくる。

が、俺と顔が近いことに気付いたのか「す、すみませんっ！」と顔を赤くしてちょっと離《はな》れてしまった。

ひとまずそれに関しては触《ふ》れず、俺は再びプリントに目を落とす。

「俺が行ってた高校も秋だったなぁ。体育祭の前だったわ」

「そこは違《ちが》いますね。私の高校は体育祭の後です」

なるほど。

学校によって行事の時期は様々なんだな。

こういうのってどういう基準で決めているんだろうな。

「それでね、うちの学校の文化祭ってチケット招待制なんだけど……。その、良かったら二人とも来る？」

と奏音はおずおずと俺たちに水色のチケットを差し出す。

「そういうことなら貰《もら》おうか」

「えへへ。まいどあり」

「奏音ちゃん。私もいいの？」

「もちろんだよ。ひまりにも来てもらえたら嬉《うれ》しい」

「……………うん！」

チケットを受け取ったひまりは破顔する。

奏音の方も照れくさそうに小さく笑った。

「しかしチケット招待制か。初めてのシステムだな」

俺が通っていた高校では、文化祭は特に制限を設けずオープンにしていた。

「うちの高校って昔は女子校だったらしくて、女子の比率が高いんだよね。それで何かトラブルが頻発《ひんぱつ》したらしくて……。だから一昨年からこういうやり方にしたらしいよ？」

「なるほどな……」

共学でも女子目当ての男とか入ってきたりするもんな。

女子の比率が高いのなら尚《なお》さらだろう。

「ちなみにどんなことをするんだ？　やっぱり模擬《もぎ》店みたいなものがあるとか？」

「そういうのは他《ほか》のクラスがやるみたいだよ。ちなみにうちのクラスはコスプレ喫茶《きっさ》をやることになった」

「コスプレ喫茶ですか？」

心なしかひまりの目が輝《かがや》く。

やはりそういうのに興味があるんだろう。

「そう。ひまりのバイトと似たようなもんなのかな？　だからわからないことがあったらひまりに聞くかも」

「それは全然構わないよ。私で役に立てることがあるなら何でも聞いてね！」

奏音に言われ、興奮しながらひまりは拳《こぶし》を握《にぎ》る。

やる気満々だ。

「ちなみにコスプレってどんな？」

俺からしたら『女子高生』ってだけで天然のコスプレみたいなものなんだが。

さすがに気持ち悪がられそうなので黙《だま》っておく。

「んー、何か色々やるらしい？　実はボーッとしてたから、その辺の話よく聞いてなかったんだよね。あはは」

「いや、そこはちゃんと話を聞こうや」

奏音はあまりクラス会議に参加しなかったんだろうな、というのはよくわかった。

かといって不満そうではないし、奏音はそういうのは適当で良いタイプなのだろう。

「チケットの残りは誰《だれ》に渡そう……。友梨《ゆうり》さんにも渡していいかな？」

「明日か明後日《あさって》に来るって言ってたよね。その時に聞いてみようよ」

――というわけで、仕事帰りに友梨が来る日を待つこと一日。

友梨は小さくて白い紙袋《かみぶくろ》の中に、また何かの化粧品《けしょう》を持って俺と共に帰宅する。

友梨が『共犯』宣言をした時は正直少し焦《あせ》りもあったが、あれから特に問題は起きていない。

それどころか、『ひまりのことを他人と話すことができる』ということが、俺にとって心が軽くなることなのだと気付いた。

決してひまりのことが嫌《いや》というわけではないのだが、それでも知らない間にストレスが溜《た》まっていたらしい。

まぁ、バレてしまったら警察案件だからな……。

その点、友梨なら信頼《しんらい》できる。

「あの……友梨さんて来月の最終土曜日とか暇《ひま》？」

奏音が下から覗くように友梨に話しかける。

ソファに座って紙袋の中から化粧品を出していた友梨は目を丸くした後、何かを思い出すように上を向く。

「えーっと、その日は確か実家の法事があったはずで……どうしたの？」

奏音が文化祭のことを説明すると、友梨は露骨《ろこつ》に眉《まゆ》をへにゃっと曲げた。

「そ、そんなぁ……行きたい……！　でもさすがに法事はすっぽかせないし……でもでも奏音ちゃんの学校の文化祭…………ううぅっ」

半泣きになりながら奏音に抱《だ》きつく友梨。

良い年した大人が何やってんだ。

「ゆ、友梨さん。ちょい、胸が……」

友梨の胸と奏音の頬《ほお》が、お互《たが》いに圧迫《あっぱく》しあって良い感じに潰《つぶ》れている。

ふむ…………………。

——じゃなくて。

さすがに友梨のこの態度には、奏音も苦笑いしかできないらしい。

言葉が後に続かない。

ひまりはなぜか、ジッと二人を見つめていた。

もしかして奏音を取られたような気分になっているとか？

「二人ともふかふか柔《やわ》らかそうだし、こんな絵的にも美味《おい》しい構図が生で見られるなんて……。心に焼き付けておかないと……」

真剣《しんけん》な表情でぽそりと呟《つぶや》く。

やはり絵を描《か》くひまりの感性は、ちょっと普通《ふつう》じゃないな……。

「かずき君は文化祭行くの？」

奏音に抱きついたまま俺を見る友梨。

なぜだろう。ちょっとだけ目が怖《こわ》い。

「あぁ、まぁ」

「うっ、ズルい……」

「友梨にも妹がいるだろ」

「妹の高校の文化祭は、完全に校内行事みたいなの。だから行ったことないんだよね……」

「そうなのか」

「だから高校の文化祭なんて大人になってから行く機会なんてなかったし……。私も若い子のエネルギーいっぱい吸いたかったよぉ」

「吸血鬼《きゅうけつき》みたいなことを言うな」

なんか変態みたいだぞ。

友梨はそもそも妹という女子高生の成分を毎日吸ってるはずなのだが……いや、それは俺も同じだな。

これ以上考えるのはやめよう。

「奏音ちゃん。文化祭って来年もある？　来年も誘《さそ》ってくれる？」

「たぶん……。今年と同じシステムだったらまた誘うよ」

「ありがとー。うぅっ……私来年まで我慢《がまん》する……」

さらにギュッと奏音を抱きしめる友梨。

奏音が呆《あき》れながら友梨の頭をポンポンと撫《な》でる。

どっちが大人なんだか……。

こういう面があるから、友梨が「大人っぽい」と言われても俺はピンとこないんだよな。

しかし来年、か――。

友梨が言った単語に、ふと気を引かれてしまう。

来年どころか、来月でさえこの同居生活がどうなっているのか――俺にはまったく想像がつかなかった。

友梨も一緒《いっしょ》に夕食を食べ終えた後、俺は洗面所に移動していた。

「――ってわけで、そいつの連絡《れんらく》先だけ聞いた」

『そうか……』

電話の向こうで神妙《しんみょう》な空気を醸《かも》し出す親父《おやじ》。

奏音の様子を聞くため、また親父が電話してきたのだ。

先日の『村雲襲撃事件《むらくもしゅうげきじけん》』はさすがに報告したが、詳細《しょうさい》は誤魔化《ごまか》しつつ――という感じにした。

当たり前だが、ひまりのことは親父には言っていない。

「ところで母さんの方は――」

『順調に回復してる。今月中には退院できるそうだ』

「……良かった」

ひとまず安心する。

が、俺にはそれとは別の懸念《けねん》があった。

だから先手を打つことにした。

「なあ親父。母さんが退院しても、奏音は俺の家で面倒《めんどう》を見るよ」

『そうしてくれるとこっちとしては助かるが……和輝《かずき》はそれでいいのか？』

「うちの方が奏音の学校に近いから便利だろうし。それに奏音の方も慣れてきたところでまた環境《かんきょう》が変わるのは、大変だと思うんだ」

『それはそうだな……』

奏音は元々、俺の実家の方に頼《たよ》りに行っている。

まあ、普通に考えれば当然の行動だが（そもそも俺の家を知らなかったわけだし）母さんの性格を思うと、『うちにいらっしゃい』と言いかねないと思ったのだ。

仮にそうなった場合、俺とひまりの二人暮らしになってしまう。

今のこの生活は、危《あや》ういバランスの上で成り立っていることは自覚している。

だから奏音がいなくなることで、ひまりの存在が周囲にバレるリスクが上がってしまうのは間違《まちが》いないだろう。

俺は、それを避《さ》けたかった。

つくづく、自分の計算めいた性格が嫌になる。

だがひまりのこととは別に、奏音の作るご飯をもう少し食べたい――というのも本音だった。

当然、それは言わなかったけれど。

『でも和輝、お前の方が奏音ちゃんの世話になりっぱなしになってないだろうな？』

「そ、そんなことないし」

少し動揺《どうよう》してしまった。

料理に関しては、完全に奏音の世話になってしまっているからな……。

『本当かぁ？　あまり奏音ちゃんに醜態《しゅうたい》を晒《さら》すなよ』

「わかってるよ。じゃあ切るから」

これ以上ツッコまれるのが嫌だったので、俺は強引《ごういん》に電話を終了《しゅうりょう》するのだった。


洗面所から出ると、友梨を含《ふく》む三人がリビングでワイワイと楽しそうにしていた。

テーブルの上には、色の付いた小さな容器がたくさん並んでいる。

あれは何だろう――マニキュアか？

「この青系のラメ入りのやつ可愛《かわい》いね。あ、でもこっちのパール系の方も好きかも……。うーん悩《なや》む」

代わる代わる容器を持ちながら、顎《あご》に手をやる奏音。

「ふふっ。奏音ちゃんはキラキラしたやつが好きみたいだね。ひまりちゃんは？」

奏音のテンションとは対照的に、友梨に聞かれてもひまりはおとなしく座っていた。

「私は――こういうの今までやったことがなくて……。そんなに興味がなかったから

——」

とひまりが言ったところで彼女と目が合った。

ひまりは「あ」と小声を洩《も》らすと、「で、でも見るのは好きです！　パステル色が可愛いと思います！」となぜか慌《あわ》てて取り繕《つくろ》う。

俺は別に、女の子がお洒落《しゃれ》に興味があろうがなかろうが、そこは全然気にしないんだけどな。

「ねえひまり。私の爪塗《つめぬ》ってくんない？」

「へっ？」

奏音の突然《とつぜん》の提案に、ひまりはビクリと肩《かた》を震《ふる》わせる。

「ひまりって絵が上手《うま》いからさー」

「でも私、爪は塗ったことないし。上手くできるかどうか……」

「じゃあやってみればいーじゃん。ひまりって色のセンスありそうだしさ。ってことではい、やってみよー」

奏音はにこやかに手をひまりに差し出す。

ひまりは困惑《こんわく》していたが、「失敗したらごめんね……」と静かにマニキュアに手を伸《の》ばした。

これは、あまりジロジロ見るのはやめておいた方が良さそうだな。

俺は自分の部屋に退避《たいひ》して、しばらく放置していたスマホのゲームをすることにした。


リビングからは、断続的に楽しそうな声が聞こえてきていた。

「ひまり、マジで上手いし。いきなりこんなグラデーションできないよ。マジで綺麗《きれい》」

「そ、そうかな……」

「うんうん。私が初めて塗った時はマットな質感のやつだったせいもあるけど、色ムラが凄《すご》くてちょっとヘコんだなぁ。私もひまりちゃんにやってもらっていいかな？」

「は、はい。私で良ければ……。友梨さんは何色ベースでいきますか？」

「んー、そうだなぁ」

ほとんど実況《じっきょう》してくれているようなものなので、自分の部屋にいながら何となく色だけは想像できてしまった。

出てくる単語はあまり理解できなかったけれど。


その後も三人はお喋《しゃべ》りに花を咲《さ》かせながらしばらく過ごし——。

「あ、かずき君。私そろそろお暇《いとま》するね」

友梨が声を上げたので時計を見ると、二十時半を回ったところだった。

もうこんな時間か。

会話を聞きながらだらだらとゲームをやってただけで、時間を消費してしまった。

リビングに出て行くと、テーブルの上には色とりどりのマニキュアが並んでいた。

友梨、こんなに持ってきていたのか。

あとちょっと、部屋にシンナーっぽい匂《にお》いが充満《じゅうまん》している。

換気扇《かんきせん》を回さなければ。

友梨は既《すで》に帰り支度《じたく》を終え、靴《くつ》を履《は》いていた。

俺たちは玄関《げんかん》で友梨を見送る。

「今日は遅《おそ》くまでごめんね。かずき君、また寄るね」

「あぁ。気をつけてな」

「うん。奏音ちゃんもひまりちゃんも、今日はありがとう」

「こちらこそ」

「おやすみなさい」

奏音とひまりが笑顔《えがお》で手を振《ふ》ると、友梨は玄関を後にした。

その二人の指先が鮮《あざ》やかで、つい目が行ってしまった。

俺の視線に気付いたのか、奏音がすかさず手を見せてくる。

「かず兄、見てこれ。ひまりに塗ってもらったんだよ」

「へー。凄いじゃないか」

「だよね」

淡《あわ》い水色と黄色がグラデーションになり、先の方にキラキラとしたラメが付いている。

俺はマニキュアには全然興味がないし、むしろ女性の爪は自然な爪の方が好きとさえ思っている。

でも、この色合いは素直《すなお》に綺麗だと思った。

「あの。私のは友梨さんに塗ってもらったんですけど……。私、こういうの初めてで……。変じゃないですか？」

ひまりもそう言いながら、おずおずと手を見せてきた。

ひまりのはシンプルなピンク色で、とてもツルンとしている。

そして両方の小指にだけ、白い蝶《ちょう》が描《えが》かれていた。

友梨がこんなに上手に絵を描けるわけがないので、たぶんシールだろう。

「いや、可愛いんじゃないか？」

「ほ、本当ですか?」

「うん」

「やった……!」

途端《とたん》にひまりの顔がパアッと明るくなる。

くどいようだが、俺は本当にマニキュアには興味がないので善し悪《あ》しはわからない。が、ひまりのイメージには合っていると思う。

そこはさすが、妹がいる友梨のチョイスだな。

「さあ、お前ら。どっちが先でもいいから早く風呂《ふろ》に入れー」

「はーい」

返事をして玄関から離《はな》れる二人。

そして部屋に向かいながら、お互《たが》いに顔を見合わせて「えへへ」「ふふふっ」と笑い合っていた。

何かよくわからんが楽しそうだな。

爪を塗っただけでこんなにご機嫌《きげん》になれる女子高生たちが、少し羨《うらや》ましくもあった。

第2話　ニキビとＪＫ

衣替《ころもが》えが終わり、皆《みんな》が半袖《はんそで》になった六月。

友梨《ゆうり》が家に来る頻度《ひんど》が上がってきたなと、俺はここ最近のことを思い返していた。

友梨は奏音《かのん》やひまりのための差し入れの他《ほか》に、スイーツのお土産《みやげ》も持参するようになっていた。

ありがたい反面、毎回何かを貰《もら》っているので少し悪い気もする。

とはいえ、俺は甘い物が好きなので嫌《いや》ではない。むしろ嬉《うれ》しい。

スイーツ類って、いざ買うとなると良い値段だしな。

おやつは買う奏音だが、さすがにそういったスイーツは値段がちょっと張るので買ってきていなかったし。

というわけで、今日の友梨のお土産はシュークリームだった。

俺の会社の近くのケーキ屋で買ってきたらしい。

箱に店の名前が印字されているが、初めて見る名前だった。

まあ、こういう店の名前を意識して覚えようとしたこと自体がないのだが。

リビングのソファに座り、俺たちは早速《さっそく》シュークリームにかぶりつく。

「え……なにコレ。うまっ！」

一口食べて感嘆《かんたん》の声を上げる奏音。

ひまりは頬《ほお》にクリームを付けた状態で、黙々《もくもく》と食べ進めていた。

夢中か。

俺はというと、一口一口を味わっていた。

まろやかなカスタードクリームと、甘すぎないホイップクリームがてんこ盛りに詰《つ》められている。

さらに皮がサクサクしていて、実に美味《うま》い。

さすがにこれは、コンビニスイーツでは太刀打《たちう》ちできない味だ。

俺の中のスイーツランキングの上位に、一気に食い込んできた。

俺はもう一度箱の店名をチラリと見る。

ふむ………今度こっそり行ってみよう。

食べ終わってからすぐに奏音が風呂に入った。

今日はひまりが後に入る日だ。

「うーん………」

帰り支度《じたく》をする友梨が、何やら神妙《しんみょう》な顔つきで額を触《さわ》っていた。

「友梨さん、どうしたんですか?」

ひまりが控《ひか》えめに友梨に聞く。

奏音を間に挟《はさ》むと普通《ふつう》なのだが、ひまりと友梨だけになると、まだ少し他人行儀《たにんぎょうぎ》な雰囲《ふんい》気《き》を感じる。

まぁ、二人ともちょっと控えめなところがあるしな。

「いや、おでこにニキビができちゃったみたいで……。朝はなかったんだけどなぁ」

苦笑《くしょう》しながら答える友梨。

「あ、私も昨日顎《あご》にできちゃったんですよ」

「ふふっ。お揃《そろ》いになっちゃったね」

「友梨の年齢《ねんれい》だとニキビとは言わないだろ。吹《ふ》き出──」

俺の言葉が途《と》切《ぎ》れたのは、ナイフのような鋭《するど》い視線で友梨にキッと睨《にら》まれたからだ。

「……何でもない」

「ん」

「ならよろしい」と、いつもの友梨の笑顔に戻《もど》る。

その傍《かたわ》らでひまりは怯《おび》えた顔をしつつ、「それはさすがに無神経ですよ駒村《こまむら》さん……」と目で俺に語りかけてきた。

確かに迂闊《うかつ》だった。

いくら幼馴染《おさななじ》みとはいえ、女性に対して年齢に関することは口にしてはいけない——。

俺はその戒《いまし》めを心に深く刻み込んだ。

正直、友梨のあの顔は、今まで見てきた中で一番怖《こわ》かった……。

そのタイミングで洗面所のドアが開いた。

「もうーサイアクぅ。ニキビできたしー」

「…………」

呑気《のんき》な声で文句を言いながら洗面所から出てきた奏音に、俺たちは一斉《いっせい》に視線を向けていた。

「え——？　どしたのみんな……？」

いきなり視線の集中砲火《ほうか》を浴び、困惑する奏音。

何というか、タイミングが悪すぎる。

てか、なんで揃いも揃って似たようなタイミングでニキビができるんだ。

あのシュークリームはみんなにとって贅沢《ぜいたく》すぎたのか？

「えっと、何でもない……」

「いや、何でもないことはないっしょ？　明らかに何かあったっしょ？」

これ以上は深掘《ふかぼ》りしてくれるな奏音……。

ニコニコと微笑《ほほえ》む友梨が、またちょっと怖く見えたのだった。

※　※　※

リビングに布団《ふとん》を敷《し》きながら、奏音が突然《とつぜん》思い出したように「そういえばさぁ」と呟《つぶや》く。

「『思い、思われ、振り、振られ』ってあったよね。中学の時、ニキビができたらみんな盛り上がってたなぁって」

「何ですかそれ？」

少し頬を紅潮させながら言う奏音だったが、ひまりはきょとんと目を丸くするばかり。

「え………マジ？　聞いたことないの？」

ひまりの返答に、今度は奏音が目を丸くした。

「うん……。ニキビと何か関係があるの？」

「恋占《こいうらな》い的なものというか……。ニキビができた場所が、その――好きな人に対する立ち位置的なものを表しているっていうか……」

奏音は恥《は》ずかしそうに指で頰を搔《か》きながら言う。

『好きな人』という単語に照れてしまったらしい。

逆にひまりは興味津々《きょうみしんしん》に目を輝《かがや》かせた。

「しっ、知りたいです！」

「そんな食い気味にならなくてもちゃんと教えてあげるから」

素直すぎるひまりの反応に奏音はどうどうと宥《なだ》める。

ひまりのこういう一面が、ちょっと羨ましくもあった。

「んじゃ順番に言ってくね。おでこにできたニキビは『思い』。こっちが思ってるって意味だから片思いってところかな」

「へえ……。じゃあ顎は？」

「『思われ』。つまり、誰《だれ》かに思われてるってこと」

「えっ――」

ひまりは顎にできたニキビを指でなぞる。

頰を染めたひまりに思うところがあったのか、奏音はそこで自分の顎を指差した。

「ちなみに私も顎」

二人は顔を見合わせ、互いに苦笑した。

たぶん――いや、間違《まち が》いなく同じことを考えたからこそ、二人はちょっと落胆《らくたん》したのだ。

「このニキビの『思われ』って、たぶんあれだよね。家族愛？　みたいなやつ」

「うん。たぶんそうだと思う……」

でも、思われていないわけではない。

二人は無理やり思考を良い方に向けた。

「ちなみにあとの二つは？」

「えっと、『振《ふ》り』が左のほっぺたで、『振られ』が右」

「それは……右頬にできないよう、何としてでも阻止《そ し》しないとですね……」

真剣《しんけん》な顔で言うひまりに、奏音もつい心が引っ張られてしまった。

確かに右頬にニキビができたら嫌だ。

根拠《こんきょ》のない迷信《めいしん》に心が惑《まど》わされてしまうほど、二人の想《おも》いは真剣なものだった。

「よし。それじゃあ洗顔だけでなく、ご飯とか夜更《よ ふ》かしとかにも気をつけないとね」

「はっ――！　そうですね！　奏音ちゃん、早く寝《ね》ましょう！」

急いで布団に潜《もぐ》るひまりの姿がおかしくて、奏音は思わず噴《ふ》き出しそうになってしまった。

同じ人を想っているとわかってから、複雑な気持ちになったのは事実だ。
でもそれ以上に、奏音はひまりのことを憎《にく》めずにいた。

※　※　※

第3話　練習とＪＫ

今日もそれなりに仕事を頑張《がんば》り、帰宅してご飯を食べてからまったり。

二人と暮らし始めてから、この生活サイクルもかなり体に染《し》み付き始めてきた。

帰宅してすぐ風呂《ふろ》に入る日もあるが、今日の風呂は俺が最後の番だ。

そういうわけで、俺は何をするでもなくリビングでくつろいでいた。

今は奏音《かのん》が風呂に入っている。

二人と暮らし始めてわかったのは、女子の風呂は長い、ということだ。

最低でも三十分、遅《おそ》い時は一時間くらいかかる。

まだ時間がかかりそうだし、テレビでも見るか。

リモコンに手を伸《の》ばしかけた時、俺の部屋からひまりが出てきた。

「あの、駒村《こまむら》さん。ちょっとお願いがあるんですが……」

「ん、どうした？」

「練習に付き合ってほしいなって……」

「何の練習だ？」

絵の練習だろうか。

俺が協力できることがあるのか？　まさかモデル？　――と考えた直後、ひまりはモジモジとしながら答える。

「せ、接客の練習です」

「接客……？　て、もしかしてバイトの？」

一瞬《いっしゅん》意味がわからなかったが、何とか理解する。

「はい。奏音ちゃんがお風呂に入っている間だけでいいので……」

「別にそれは構わんが」

「本当ですか？　ありがとうございます！」

素直《すなお》に喜ぶひまりだが、俺は少し疑問を抱《いだ》いていた。

ひまりはあまり人見知りをしなさそうだから、接客は得意な方だと思っていたのだ。

「しかし意外だな」

「え？　何がですか？」

「そろそろバイトは慣れたと思ってたんだけど」

「そうですね……。お仕事の内容はだいぶ慣れてきたんですけど、口調がまだ慣れなくて……」

「口調？」

ひまりは言いにくそうに視線をウロウロとさせてちょっと恥ずかしそうにした後、意を決したように続ける。

「その……語尾《ごび》に必ず『にゃん』と付けないといけないんです。でも私はよく忘れてしまって……」

「にゃん⁉」

俺にとってそれは、想像の斜《なな》め上を行くインパクトだった。

「はい。メイドは全員猫《ねこ》——というコンセプトのメイド喫茶《きっさ》なのです」

「な、なるほど……？」

俺が抱いていたメイド喫茶のイメージは、テレビの情報番組で見たやつしかない。

入り口にメイドが勢揃《せいぞろ》いして「お帰りなさいませ、ご主人様」と言って丁寧《ていねい》な扱《あつか》いをしてくれる所——という認識《にんしき》しかなかったので、ひまりの説明に少し驚《おどろ》いてしまった。

世の中にはまだまだ俺の知らない世界がたくさんあるんだな……。

「そういうわけで、駒村さんにはお客さんの役をやってもらいたいのですが……大丈夫《だいじょうぶ》ですか？」

「そういうことなら協力しよう」

「ありがとうございます！　ええと……。それじゃあちょっと待ってくださいね。私も『入る』準備をしますから」

「入る？　どこに？」

「メイドになりきるってことですっ。やっぱり家とバイト先じゃ雰囲気《ふんいき》が全然違《ちが》うから、わ、私もちょっと勇気がいるんですっ」

ひまりは顔を赤くして説明した後、リビングの端《はし》の方に移動する。

そして耳を塞《ふさ》いで「む～ん……」と小さく唸《うな》り始めた。

なるほど……。つまり『役に入る』ってことか。

てことは、ある意味メイドも役者みたいなものなのかもしれない。

数秒経《た》ったのち、ひまりは振り返り——。

「お待たせしました。行きます！　それじゃあ駒村さん、『お店にやって来た』ところからお願いします！」

「あ、あぁ……」

いまいちどういうふうにすればいいのかわからんが、練習に付き合うと言った以上やるしかない。

俺は一旦《いったん》リビングから出てドアを閉める。

一呼吸置いた後、再び入り直した。

ドアの前にはひまりが良い姿勢で立っていた。

そして笑顔《えがお》で俺を出迎《でむか》える。

「おかえりなさいませ………にゃん！　ご主人様！」

おい、いきなり不自然な間が空いたぞ……。

ひまりも一瞬「あ」という顔になっていた。

まぁ、そのための練習だからツッコむのはやめておこう。

「こ、こちらのお席へどうぞにゃん」

今度は大丈夫だった。

ひまりは俺をソファに誘導《ゆうどう》する。

誘導されるがままソファに座る俺。

ひまりは机の上に置いてあった、奏音の数学の教科書を俺の前に置く。

「本日もお疲《つか》れ様でした………にゃん。こ、こちらから本日のメニューをお選びくださいにゃん！」

ミスを誤魔化《ごまか》すかのように、ちょっと声が大きくなる。

がんばれ。

と咄嗟《とっさ》に心の中で応援《おうえん》してしまう。

どうやらひまりは話し始めに『にゃん』を付けるのが苦手らしい。

こういうのは『慣れる』以外の解決策がない気がする。

とにかく、俺は客に徹《てっ》しよう。

俺はメニュー表に見立てられた奏音の教科書を何気なくパラリと開き──。

「………うわ」

思わず声が出てしまった。

教科書の端に、奏音が描《えが》いたであろうラクガキがあったのだ。

それも複数。

見ると脱力《だつりょく》してしまう、へにょっとした顔の猫が描かれていたり、数字の『2』に線を書き足してアヒルにしていたり、『↑ひっかけ問題。うざ』という言葉で文句も書かれていたりした。

教科書に文句を書くなよ……。

しかし奏音の絵はなかなかに味があるな。決して上手《うま》くはないのだが。

「もしかして仲間？」

俺はへにょっとした顔の猫を指差しながらひまりに聞く。

「こ、この子は……種族的には同じですけど、他所《よそ》の子ですね……にゃん」

ぷるぷると肩《かた》を震《ふる》わせながら笑いを堪《こら》えるひまり。

奏音の絵がちょっとツボに入ってしまったらしい。

少し意地悪だったかもしれないが、こういう想定外の質問も実際のメイド喫茶で聞かれるかもしれないし、良い練習になるだろう。知らんけど。

「えーと。それじゃあおすすめのメニューは？」

「当店での一番人気は『すぺしゃる☆オムライスコース』ですにゃん！」

「なるほど。じゃあ――」

「でもでも、最近はこちらの『ぱわふる☆ミートスパゲッティコース』も人気急上昇《きゅうじょうしょう》中なんです！　私も食べたけどとっても美味《おい》しいですよ！　コースメニューのオプションには、猫メイドと一緒《いっしょ》に写真を撮《と》るプランか、私たちのダンスショーを観《み》るプランか、どちらかお選びいただけます！」

メニューについて明るく元気に説明をしてくれるひまりだったが――。

「ひまり、『にゃん』が抜《ぬ》けてるぞ」

「あっ――」

ひまりは一瞬固まった後、しゅんと肩を落とした。

「はぁ、ダメです……。私は猫になりきらないといけないのに……。私には役者魂《やくしゃだましい》が足りないってことですよね。というより、猫としての気持ちが足りない……？　うー、ダメだ。もっと猫にならないと！」

「いや、でもメイドだろ？」

思わずツッコんでしまった。

「確かにメイドですが、でも猫なんです。猫だけどメイドなんです！」

拳《こぶし》を握《にぎ》りながら力説するひまり。

……よくわからんが、メイド喫茶で働くというのは大変そうだ。

「これはあくまで俺の意見なんだけどな……。『毎回語尾をちゃんとしよう』って、そんなに力まなくていいと思うぞ」

「へ？」

「後で付け足してもそれほど問題ないというか。大事なのは語尾じゃなくて、お客さんを楽しませようという心の方じゃないか？　って、これはただの素人《しろうと》意見だけどな」

正直なところ、言い直すところも含《ふく》めて俺は可愛《かわい》いと思うんだけど。

それが店的に正解かどうかまではわからない。

ひまりはしばし目を丸くしていたが、やがてコクリと頷《うなず》いた。

「確かに駒村さんの言う通りですね……。お客さんのために——という気持ちを危《あや》うく忘れてしまうところでした。ありがとうございます、駒村さん。私なりにこれからも頑張《がんば》ってみます！」

と、その時洗面所の扉《とびら》が開く音がする。奏音が風呂《ふろ》から出てきたのだ。

俺とひまりは慌《あわ》てて奏音の教科書から離《はな》れる。

教科書のラクガキを見たことは黙《だま》っておかなければ。バレたら酷《ひど》い目に遭《あ》いそうだ。

奏音はすぐにリビングには来ずに冷蔵庫に一直線。風呂の後の水分補給のためだろう。

奏音はコップを持ったままリビングに入ってきた。

「あ、ひまりー。スポーツドリンク今のでなくなったから、ひまりの分もコップに分けて入れといたよ」

「うん、わかった。ありがとにゃん！」

「えっ？　何？　にゃん……？」

怪訝《けげん》な顔でひまりを見る奏音。

さっきまで練習していたから、咄嗟に出てしまったんだろうな……。

「あっ——な、何でもない、よ……？」

この時の痛々しい空気は、傍《はた》から見ていた俺にもなかなかクるものがあった。

第4話　ケンカとJK

※　※　※

「ただいまー」

「奏音《かのん》ちゃんおかえりー」

学校から帰ってきた奏音を、ひまりが笑顔で出迎える。

今日はひまりはバイトの日だったが、先に帰っていたらしい。

「あのね奏音ちゃん。ちょっと話したいことがあって……」

「ん？」

おずおずと切り出すひまり。奏音は首を傾《かし》げる。

雰囲気から察するに真剣《しんけん》な話だろうか。

奏音は鞄《かばん》をリビングに置いてから、ひまりと並んでソファに座る。

「話って何？」

「うん、あの——。駒村《こまむら》さんの誕生日、どうしようかなと思って」

「あっ――」

思わず奏音は声を上げていた。

この間友梨《ゆうり》が来た時に、和輝《かずき》の誕生日がいつなのかそれとなく聞いていたのだ。

そして、得た回答は六月七日。

もう間近に迫《せま》っていた。

たぶんケーキは友梨が用意するのだろうなと、ほぼ確信めいた予感があった。

奏音は、友梨も和輝に気があることを感じ取っている。

そうでなければひまりのことを知った時、もっと強く責めていたはずだ。

それに和輝と会話している時の友梨の表情が、何よりも彼女の気持ちを物語っている。

少し恥《は》じらいがあって、弾《はず》んだ胸の鼓動《こどう》がそのまま滲《にじ》み出ているような、心の底から嬉《うれ》しそうな笑顔――。

あれは、恋《こい》する人間がする顔だ。

ひまりも似たような表情になっているから、奏音にはよくわかる。

そしてもしかしたら、自分も気付かぬ内に――。

「奏音ちゃん？」

ひまりの呼びかけに奏音はハッと我に返る。

考えていたことがことだけに、急激に恥ずかしくなってしまった。

「あ、ごめんごめん。かず兄《にい》の誕生日ね。うーん、本当どうしよっか?」

誤魔化すように奏音は明るく返事をするが、少し大袈裟《おおげさ》だったかもしれない。

しかしひまりは特に気付く様子もなく、奏音と同じように「うーん……」と唸《うな》るばかり。

奏音は内心でホッとしてから、和輝の誕生日について意識を切り替《か》えた。

「プレゼントを買うってのは無理そうだよね……」

「うん……。私のバイトの給料日は十五日なので間に合いません……」

「そもそも、かず兄が喜びそうなものがわかんないしね……」

一ヶ月近く一緒に暮らしてきたが、和輝にはこれといった物欲《ぶつよく》がない――ということを
二人とも感じていた。

もしかしたら時計や電化製品なら喜ぶのかもしれないが、当然二人にはそのような物を
買う手持ちがない。

でも、誕生日を知ってしまったからには無視することなどできない。

ちゃんと祝ってあげたい。

何より、自分が祝いたいのだ。

「ケーキは友梨さんが買うとして――私らはできることをやるしかない、かな……」

「それなら——お部屋の飾《かざ》り付けはどうでしょうか？」

「飾り付けって、もしかして折り紙とかでやるやつ？　小学校のクラス会でやってたみたいな？」

「それです！　何かこう、輪っかとかを繋《つな》げたり」

まぁ、確かに雰囲気《ふんいき》は出るかもしれない。

それに折り紙ならいつもの買い物の時に買えるし、何より安い。

少し幼稚《ようち》っぽい気もするが、それはそれで味が出るかもしれないし。

「どうせだから、かず兄が好きな料理を作ろうかな」

「あ——。それ、私もお手伝いしてもいいですか？」

「うん、いいよ。一緒に作ろ」

承諾《しょうだく》しつつも、奏音の心は少し複雑だった。

料理なら、ちょっとでも自分がアプローチできるチャンスだと思っていたからだ。

でも、和輝に喜んでもらいたいというひまりの心はとても理解できるだけに、断るのも憚《はばか》られた。

とにかく、誕生日の方針は決まった。

「早速《さっそく》明日から準備しなきゃ、ですね。駒村さんに気付かれないように気をつけないと」

おそらく、飾りを隠《かく》すのは問題ない。

洗面所の上の方にある棚《たな》に隠しておけば、和輝は気付かないだろう。

あそこは予備のシェービングワックスや、使っていないプラスチック製のコップなどが置いてあるだけなので、和輝が滅多《めった》に開けないことはわかっている。

「料理のメニューは、明日買い物しながら考えるよ」

「お願いします！」

和輝の好みを考えると、おそらく高確率で肉系になるだろうけれど。

（しかし誕生日、か……。ひまりの誕生日っていつなんだろ。ていうか、ひまりはいつまでここにいるのかな。いまだに本名さえ知らないし――）

ふと、奏音の頭に疑問が湧《わ》く。

その疑問は、あっという間に奏音の頭の中を支配した。

「あの、さ……」

「うん？」

「ひまりは……これからどうするの？」

「え？」

「賞に送ったじゃん？　結果はいつ出るの？」

「えっと……五ヶ月後……」

言いにくそうに答えるひまり。

奏音はそういう公募《こうぼ》についての知識が一切《いっさい》ない。ただ、思っていたよりもずっと先の期間だったので驚《おどろ》いてしまった。

「五ヶ月後って――秋じゃん。その間さ、どうするの？　ずっとここにいるの？」

「それは……」

ひまりは押し黙る。

たぶん、まだそこまで考えていないのだろうなというのは奏音も察していた。

だからこそ、その脳天気さに少し腹が立ってしまった。

「もうすぐ夏休みじゃん？　それまでにはさ、決めておいた方が良いんじゃないかなって――」

「それは、わかってます。わかってるけど、私はまだ――」

ひまりの答えは煮《に》え切らないものだった。

二人の間に沈黙《ちんもく》が広がる。

ひまりはそわそわとして、この話題から逃《に》げたそうにしていた。

「……ひまりは、贅沢《ぜいたく》だよ」

奏音の声の低い呟《つぶや》きに、ひまりは驚いたように顔を上げる。

いや、ダメだ。

これは八つ当たりだ。

家出をしてバイトまでして絵を描《か》いて——そんな行動力があるひまりが眩《まぶ》しくて、自分にないものを持っているのが羨《うらや》ましくて。

どうしようもないくらい、醜《みにく》いほど八つ当たりだ。

それでも奏音は、既《すで》に喉《のど》までせり上がってきた言葉を止めることはできなかった。

「ひまりには帰る家も両親もいるじゃん。そりゃひまりは酷いことをされたと思うし、親と意見が合わなくて、夢を応援《おうえん》してくれないのはとてもツラいことだと思う。でも、でもっ——！」

奏音の口調は次第《しだい》に強くなっていく。

（あぁ、ダメだ。これ以上は——）

奏音の頭の中で、冷静なもう一人の自分が警告をする。

言ってはいけない。堪《こら》えるべきだと。

でも、止められなかった。激しい濁流《だくりゅう》のような感情が奏音の口を動かした。

「私には生まれた時から『両親』なんていない！　母親しか知らなくて、その母親さえも

勝手にどっか行ってしまった！　私には将来を心配してくれる親なんていないもん！」
言ってしまった。
吐《は》き出してしまった。
奏音の目から涙《なみだ》が滲み出る。
持っていないものを持っているひまりが羨ましい。
それで悩《なや》んでいるひまりが、奏音には贅沢に見えてしまって。
悔《くや》しくて、羨ましくて、そんなことを思ってしまう自分が許せなくて——。
奏音の心の中では、色々な感情が混ざり合っていた。
絵の具を全色混ぜ合わせたような、綺麗《きれい》ではない感情が。
ひまりはしばし俯《うつむ》いていたが、やがて——。
「わ、私だって！　好きであの家に生まれてきたわけじゃない！」
ひまりは強い口調で反論する。
彼女の目にも涙が浮《う》かんでいた。
ひまり自身も、自分がわがままな行動をしていることなど自覚しているのだろう。
だからこそ、彼女は常に低姿勢だ。
それは奏音もわかっていたことだ。

「────っ！」

ひまりは乱暴に腕《うで》で涙を拭《ぬぐ》ってから、和輝の部屋に駆《か》け込んだ。

奏音はその場にペタンと座り込む。

酷《ひど》いことを言ってしまった。

そしてひまりの言葉にハッとさせられた。

誰《だれ》もが、生まれてくる家も、親も選べない。

それを嘆《なげ》いたところで、ましてや人にぶつけたところでどうにもならないというのに。

罪悪感と、後悔《こうかい》と、やるせなさが同時に襲《おそ》う。

奏音はしばらくの間、その場で静かに泣き続けた。

※　※　※

「……ごちそうさまでした」

「…………」

箸《はし》を置いて囁《ささや》くように食後の挨拶《あいさつ》をするひまり。

そしてそそくさと食器を流し台に置いてキッチンを後にする。

奏音はそれに反応することなく、黙々《もくもく》と味噌汁《みそしる》を飲んでいた。
空気が、重い…………。
仕事から帰ってきてから、二人はずっとこんな感じだ。
ケンカをしたのだろうということはわかったが、その理由まではわからない。
下手につつくと事態を悪化させることにもなりかねないので、迂闊《うかつ》に聞けない。
でも、この空気は非常に居心地《いごこち》が悪い……。
「あ、えーと……。こ、この味噌汁のあさり、すごくアッサリしてるよな」
「…………」
気まずい空気に耐《た》えきれなくなった俺の口から出てきたのは、なぜかダジャレだった。
いや、違《ちが》うんだ。決して狙《ねら》ったわけではない。
何を言えばいいのかわからなかったので、咄嗟《とっさ》に出てきたのがそれだったのだ。
奏音は氷のように冷たい目で俺を一瞥《いちべつ》してから、
「別に普通《ふつう》だし」
ぼそりと答え、今度はご飯を口に運ぶ。
…………つらい。
今なら滑《すべ》ってしまったお笑い芸人の気持ちが痛いほどわかる。

今度テレビで滑っている芸人を見たら、少し優《やさ》しい気持ちで見ることができそうだ。

しかし、二人もケンカとかするんだな。今までが凄《すご》く仲が良かっただけに意外だ。

それだけにちょっと不安でもある。

この状態がいつまで続くか――。

「かず兄、箸が止まってるよ」

「お？　あ、あぁ」

奏音は小さく「ごちそうさま」と呟いてから席を立つ。

俺も慌《あわ》ててご飯をかきこむのだった。

その日は俺が寝《ね》るまで、二人の間に漂《ただよ》う空気は変わることはなかった。

明日、仕事から帰ってから詳《くわ》しく聞いてみるか……。

※　※　※

いつも、リビングの床《ゆか》に布団《ふとん》を並べて寝ていた二人。

しかし今日は、二人の布団は離《はな》れて敷《し》かれていた。

奏音は謝るタイミングを窺《うかが》っていたが、ひまりはあれから目を合わせようとしないし、口も利《き》こうとしない。

(確かに私が悪かったけどさ……でも……)

『ここにいつまでいるのか?』という、期限について聞いたことについては間違ってはいない——と思う。

ひまりをこの家に留《とど》まらせてしまったのは自分とはいえ、それは全員がいずれ考えないといけないことだ。

だが、それは今言うべきではなかったと奏音は後悔していた。

だって直前まで、和輝の誕生日について楽しく相談していたのだ。

(そうだ。かず兄の誕生日……)

何か考えないといけない。

でも、とてもではないが今はそういう気分にはなれなかった。

とりあえず、今は寝よう——。

奏音は頭から布団をかぶる。

ひまりの息遣《いきづか》いが聞こえないように。

次の日の朝も、二人は口を利くことなく朝食を食べ終えた。
奏音が学校に行く時も、そして和輝が会社に行く時でさえも、ひまりは部屋から出てこなかった。

夕方――。
奏音は鍵《かぎ》を持ったまま、玄関《げんかん》のドアの前で立ち止まっていた。
ひまりと顔を合わせることを思うと気が重かったのだ。
今日は学校でもずっとひまりのことを考えてしまっていた。
友達からも「今日の奏音、なんかボーッとしてるよね」と言われてしまったほどだ。
でも、家に入らないわけにはいかない。
奏音は一度深呼吸をしてから、意を決して鍵を回した。
「ただいまー……」
家の中からの反応はない。
ひまりの靴《くつ》は玄関になかった。
(そういえば、今日はバイトの日――)
そこまで考えてから、奏音は急激に不安を覚えた。

このまま帰って来なかったらどうしよう――。

ありえない、とは言い切れなかった。

なにしろ、ひまりは本当に家出をしてきた人間だ。そんな状況《じょうきょう》でバイトに就《つ》いてしまうほどの行動力もある。

昨日のあれで、ひまりにこの家に居づらい気持ちを増幅《ぞうふく》させてしまったかもしれない。

何より、奏音が嫌《きら》われてしまったかもしれない。

奏音は慌てて和輝の部屋を覗《のぞ》く。

ひまりの私物や服はそのままだ。

だが、この場合持ち物が置いてあるからといってまったく安心できない。

ひまりは替《か》えの服さえも、碌《ろく》に持たずに出てきたのだ。

何もかもそのままにして、彼女は勝手に出て行くことができるだろう。

その瞬間《しゅんかん》奏音の脳裏《のうり》に浮かぶのは、母親が帰ってこない静かな自宅――。

「あ、どうしよう……」

奏音は意味もなくリビングをウロウロする。

そのタイミングで、玄関の鍵がガチャリと鳴った。

「――――！」

奏音はすぐに玄関に向かう。

しかし帰ってきたのは、ひまりではなく和輝だった。

「ただいま——って、どうした奏音？　そんな悲愴《ひそう》な顔をして」

「かず兄……どうしよう……」

奏音は今にも泣き出しそうな顔で、和輝に打ち明けるのだった。

※　※　※

「なるほどな……」

奏音から昨日のことを聞いた俺は、ソファにもたれかかりながら思わず深い息を吐《は》いていた。

「私にはひまりの悩みが贅沢《ぜいたく》だと思えてしまってさ。私は親に放《ほう》っておかれているから……。でも悩みなんて人それぞれなんだよね……」

「奏音……」

ソファに座ったままうな垂れる奏音。

自分が言ってしまったことを心から後悔している様子だ。

「あとね、ひまりはこの先のことを何も考えていないと思って——。でも、私の方も何も考えてなかったんだ……。ひまりにここにいて欲しいって言ったのは私なのにさ。それどころか八つ当たりまでしてしまって……」

「いや、ひまりについては俺の責任だ。俺の方こそ、この先の具体的なことは考えてなかった。すまない……」

「かず兄……」

俺たちはこの生活に問題があることはわかっていたはずなのに、あえて考えないようにしていた。

先送りにしていた。

逃《に》げていた。

でも、そろそろ本気で考えないといけない。

『賞に送る』というひまりの行動は済んだのだから。

しかし、その結果が出るのは五ヶ月後か——。

さすがにその間、ひまりをずっと家に置いておくわけにはいかないだろう。

本当に、ちゃんと考えないといけないな……。

「ひまりが帰ってこなかったらどうしよう……」

奏音が力なく呟《つぶや》く。

「それはたぶん大丈夫《だいじょうぶ》じゃないか？」

「でも、行く当てがなくてもひまりは行ける子じゃん……。あの子たぶん、まだ家に帰るつもりないよ……」

俯《うつむ》く奏音。

俺は何も言えなくなってしまった。

それはそれで俺には止める権利はない、という考えがある一方、今まで家においておきながらそれは無責任だ、という考えもある。

何より、次も俺たちのようにひまりの味方になってくれる人に会える可能性は低いだろう。

「もう、黙《だま》って置いていかれるのはヤだよ……」

囁《ささや》くような奏音の言葉に俺はハッとする。

そうか……。

それこそが奏音の本音なのだろう。

表面上は平気な振《ふ》りをしている奏音だが、俺が想像している以上に、叔母《おば》さんの失踪《しっそう》は奏音の心に傷を作っていたんだな……。

「……俺はどこにも行かない」

俯いていた奏音の顔が上がる。

「かず兄……」

「俺はどこにも行かない。約束する。……まあ、他《ほか》に行くところがないだけだが」

しばし奏音は俺の顔を見つめ――。

そして「うん」と小声で頷《うなず》いた後、フッと小さく笑う。

それまで奏音を纏《まと》っていた重い空気が薄《うす》れたのを感じた。

ひとまず良かった、と安堵《あんど》したその時――。

玄関のドアが開いた。

「――――！」

奏音はすぐに立ち上がり玄関に向かう。

俺もその後を追った。

「ひまり！」

そして靴を脱《ぬ》ぎかけていたひまりに、奏音が勢いよく抱《だ》きついた。

「か、奏音ちゃん？」

「ひまり、ごめん。ごめんね……。私、酷《ひど》いこと言っちゃって。本当にごめん……」

ひまりの首元に顔を埋《うず》めたまま、奏音は涙声《なみだごえ》でひまりに訴《うった》える。

「奏音ちゃん……」

ひまりはしばらく困惑《こんわく》していたが、やがて優《やさ》しく奏音の肩《かた》を叩《たた》いた。

「もう大丈夫だから。私の方こそごめんなさい……。確かに奏音ちゃんの言う通りだなって。私、とんでもなくワガママだなって」

「そんなこと――」

「だからね、今日バイトしながら考えたんだ。これからどうするかって」

ひまりの言葉に、奏音は不安そうに顔を上げる。

そしてひまりは俺の方を見ながら口を開く。

「駒村さん。このままずっとここにいるつもりはないです。でも今はお金を貯《た》めさせてください。バイトでお金が貯まったら、私は出ていきます」

「ひまり……」

「家にも一度帰るつもりです。でも、親に捨てられてしまった道具は買え揃《そろ》えたいんです。駒村さんにペンタブは買っていただいたんですけど――他にも欲《ほ》しい物は色々とあって。それは自分が稼《かせ》いだお金で買いたいです。そしたら、両親も私のやりたいことを理解してくれるかなって……」

「……そうか」

「私、一度両親と向き合ってみます。でもそのためには、もう少し時間をください……。お金が貯まったら、私も家に帰る勇気が持てると思うから――」

「ひまりがそう決めたのなら、俺としては協力するつもりだ」

「ありがとうございます……」

ひまりはそこで深々と頭を下げる。

「お金が貯まったら――」

奏音はひまりが言った言葉を静かに反芻《はんすう》する。

「うん。期間としては夏休みの半ばくらいって考えてるんだけど――やっぱり長い、かな……」

奏音は首を横に振る。

あと二ヶ月と少しか――。

期限が決まったら、急に短く思えてしまった。

「そういうことなので、駒村さん、奏音ちゃん。もう少しここでお世話になります」

「あぁ、わかった」

「うん」

ひとまずこの件については一件落着か。二人も仲直りできたようだし。

とはいえ、あと二ヶ月は他人にひまりの存在を知られないようにしなければいけないわけだ。

最近は慣れてきて少し気が緩《ゆる》みかけていたんだが、気持ちを引き締《し》めないと。

「さあ、そろそろ飯を食うぞ。二人とも腹も減ってきた頃《ころ》だろ」

「でも私、まだご飯を作ってない……」

「今日くらいは出前を取るから楽にしろ」

いつも奏音に作ってもらうのも申し訳ないしな。

俺は早速《さっそく》スマホを取り出し、近隣《きんりん》の宅配店舗《てんぽ》を検索《けんさく》する。

今まで宅配はチラシに頼《たよ》っていたが、スマホから注文できることを知ったのだ。

「今日はピザ以外の物にしたい。できれば弁当とか丼《どんぶり》とかがいいな」

「あ、私チャーハンが食べたい」

「私はハンバーガーが良いです」

「お前ら協調性ゼロか」

いつぞやのフードコートでの一幕を思い出し、俺は思わず苦笑《くしょう》するのだった。

それから数日後の夜——。

ベッドの上でスマホをいじりながら、俺はあることを考えていた。

最近、二人の様子が変な気がする。

この間のケンカのような雰囲気《ふんいき》ではなく。

具体的に何が——と言われても困るのだが、二人でヒソヒソとお喋《しゃべ》りしているのをよく見かけるというか。

あと、目を逸《そ》らされる頻度《ひんど》も増えた——気がする。

俺、知らない間に何かやらかしてしまったか？

思い当たる節は挙げればキリがない。

例えば、暑くなってきたから汗臭《あせくさ》くなってきたとか。それだけでなく、見た目も暑苦しいとか。

気付かぬ内に無神経なことを言ってしまったとか。

やっぱりおっさんと暮らすのが嫌《いや》になってきたとか。

そういえば、ちょっとこの生活に慣れてきたこともあり、洗い物もシンクに少し溜《た》めてからやるようになってしまっていた。

化粧《けしよう》品や雑貨類は友梨に甘えてばかりで、相変わらず俺からは二人のために購入《こうにゆう》していない。

まあこれは、節約しなければならないので仕方がないところもあるのだが。

だが、このままだとやばいかもしれない。改めなければいけないところは改めなければ。

人間の本性《ほんしよう》は慣れた頃に出てくるものだ。俺の存在自体が、ちょっと呆《あき》れられ始めているのかもしれない。

危機感を覚えた俺は、明日から生活を見直そうと心に誓《ちか》う。

こういう時は、初心に返るのが大事だ。


次の日の朝、俺は誰《だれ》よりも早く目覚めていた。

目玉焼きとベーコンと食パンを三人分焼き、あとはコンソメスープも用意した。

我ながら豪華《ごうか》な朝ご飯だ。

一人暮らしをしていた時は、朝からこんなに作ったことなどなかったからな。

「あれ、かず兄？　もう起きてたの？」

眠《ねむ》そうに目を擦《こす》りながら奏音がやってきた。

いつも朝ご飯を作っているからか、やはり奏音の方がひまりより早起きなんだな。

「てか、うわっ！　朝ご飯もうできてるし。いきなりどしたの？」

「たまには俺がやらないとと思ってな。さあ、顔を洗ってこい」

「う、うん……」

狐《きつね》につままれたような顔をしながら、奏音は洗面所に向かう。

入れ替《か》わるように、今度はひまりも起床《きしょう》してきた。

「おはようございまぁす……って、駒村さん⁉　え、どうしたんですか？」

「奏音と同じような反応をするなよ。まぁ、たまには俺が作ってもいいだろ。元々俺の家なわけだし」

「そ、それは確かにそうですが……」

「ひとまず食うのは、寝癖《ねぐせ》を直してからな」

ピンと撥《は》ねた寝癖を恥《は》ずかしそうに押さえながら、ひまりも洗面所に向かった。

二人を驚《おどろ》かせることにはなったみたいだが、本来の目的はそれではない。

これで一人の大人として見直してもらわねば――とそこまで考えてから、あることに気付く。

そもそもなんで、俺は二人に取り繕《つくろ》うような行動をしているのだ。もしかして俺は、二人に嫌《きら》われることを恐《おそ》れている――のか？

大人として、二人の気持ちには気付かずにいこうと決めたのに。

だから、それに沿った行動を取らなければならないのだが——どうにも、行動が矛盾《むじゅん》してしまっている。

これでは益々《ますます》二人に懐《なつ》かれてしまうのではないか？

……いや。

ひまりにも言ったが元々は俺の家だ。

そして、俺は大人。

つまり、俺が二人のために行動をすること自体、何らおかしいことではない。

自分で出したその答えに何か引っかかりを覚えつつも、今は二人が食卓《しょくたく》に着くのをただ待つのだった。

「ただいま」

仕事から帰ってきた俺は、既《すで》に慣れてしまった帰宅を告げる言葉を言う。

いつもなら奏音とひまりが「おかえり」と出迎《でむか》えてくれるはずなのだが、今日は何の反応もない。

あれ？　二人とも家にいないのか？

だが、二人の靴《くつ》は玄関《げんかん》にある。

リビングに行くと、俺の部屋から二人の話し声が聞こえてきた。

俺の部屋——もしかしてパソコンで何かを見てるのか？

ひまりが初めてパソコンに触《さわ》った日以降、やましい動画サイトへのリンクは全《すべ》て消したつもりだったが……。まさか残ってたとか？

部屋を覗《のぞ》くと予想通り、二人はパソコンの前に並んで座っていた。

思わず背中がヒュッとなってしまったが、和気《わき》藹々《あいあい》とした雰囲気から察するに、俺が想像していたことは起きていなさそうだ。良かった。

「これとかどうかな？」

「う〜〜〜ん。悩《なや》むねぇ。あ、さっきの——」

「ただいま」

「うひゃうっ!?」

俺が声をかけると、二人は面白《おもしろ》い声を上げてビクッと肩《かた》を震《ふる》わせた。

「あ……駒村さんおかえりなさい」

「おかえりかず兄。ごめん気付かなかった」

「何か二人して楽しそうだったな。何を見てたんだ？」

「そ、それは……」

「秘密。これは女の子の秘密だから」

とても気になるが、そういう言い方をされるとこれ以上深入りはできない。

「そうか……。んじゃ、先に風呂《ふろ》に入るな」

「はーい」

俺はネクタイを緩めながら洗面所に向かう。

しかし、本当に何を見ていたのだろう。

二人が楽しそうだったのでちょっとハブられたような気分になる――が、いかんいかん。

女子高生が秘密にしたがっていることを、おっさんが根掘《ねほ》り葉掘り聞くのは痛すぎる。

でも最近の二人の態度といい、やっぱりちょっと気になる。

うーん……。

いや、考えても仕方がないな。風呂で汗《あせ》と一緒《いっしょ》に、このモヤモヤも洗い流そう。

そうだ。明日は少し奮発してスイーツでも買って帰るか。

友梨がこの間シュークリームを買った店に寄ってみよう。

――というわけで、俺はケーキが入った箱をぶら下げて帰宅した。

夕方だから混んでないだろうと思っていたのだが、俺のような『仕事帰りに寄りました』と言わんばかりの女性が結構な人数いて、狭《せま》い店内でちょっと肩身の狭い思いをしてしまった。

まあ、その苦労に見合うだけの美味《おい》しそうなケーキを選んだので、今から楽しみだ。

「ただいまー……」

と玄関を開けた瞬間《しゅんかん》、俺は怯《ひる》んでしまった。

家の中が真っ暗だったのだ。

玄関どころかキッチン、さらには奥のリビングまで明かりが点《つ》いていない。

これは一体……？

停電にでもなったのか？

ひとまずブレーカーを見よう——と靴を脱《ぬ》いで家に上がった、その時。

いきなりパッと電気が点いた。

「おぉっ⁉」

「かず兄、誕生日おめでとう！」

「おめでとうございます！　駒村さん！」

「おめでとう、かずき君！」

パパパンッ！　と、俺に向けて一斉《いっせい》に放たれるクラッカー。

紙吹雪《かみふぶき》を体に浴びながら、俺はしばし玄関で呆然《ぼうぜん》としてしまう。

「誕生日……」

あ………。

そういえばそうだった……。

この数日は二人のことで頭がいっぱいで、完全に頭から抜《ぬ》け落ちていた。

特にこの数年は、誕生日にそれらしいことをやっていなかったから、余計に。

「そう。実は友梨さんに聞いていてね。数日前から準備してたんだ」

「えへへ。そういうことです。さあ早速《さっそく》お祝いしましょう、駒村さん！」

とひまりが笑いながら俺の手を引き、キッチンのテーブルまで連れていく。

テーブルの上には、生クリームの誕生日ケーキが置かれていた。

チョコレートのプレートには『かずきくん　おたんじょうび　おめでとう』と書かれていて、何だろう……とても恥ずかしい……。

こんなふうにケーキのプレートに名前を書かれるなんて、小学生の時以来だぞ……。

しかも改めてキッチンを見ると、折り紙で作った飾《かざ》りが壁《かべ》や天井《てんじょう》に張り付けられており、風船まである。

「あ、この飾り？　実はネットを見て参考にしたんだー。かなりパーティーっぽい飾り付けでしょ？」

なるほど……。

二人でパソコンを見ていたのは、これのためだったのか。

「ところでかずき君、それは？　この前私がシュークリームを買ったお店のだよね？」

友梨が俺の持っていた箱に気付く。

「いや、実はケーキを買って帰ってきたんだが……自分の誕生日ってことをすっかり忘れていてな……」

まさかケーキがダブってしまう事態になろうとは。

なかなかない経験だなこれは……。

「なら今日はケーキ三昧《ざんまい》ですね！　ふふっ、楽しみです！」

「あとね。ひまりと私とで唐揚《からあ》げも作ったんだよ。超《ちょう》美味しくできたから！　後で食べてね」

「そうなのか。奏音もひまりもありがとうな」

「えへへ。私も奏音ちゃんに教えてもらって頑張《がんば》りました！」

拳《こぶし》を握《にぎ》りながら笑顔《えがお》で応《こた》えるひまり。

女子高生に「あなたのために頑張りました」と真正面から言われて、嫌《いや》になる男はいないだろう。

……と心の中ですましてみるが、要するに嬉《うれ》しいってことだ。

しかしケーキに唐揚げか……。

いや、ここで食べ合わせのことを考えるのは無粋《ぶすい》だろう。

それぞれが美味しい。それで良いではないか。クリスマスと同じと思えば余裕《よゆう》でいける。

「よーし。じゃあロウソクに火を点けるよー。あ、面倒《めんどう》だから一本でいいよね？」

俺は奏音の言葉に無言で頷《うなず》く。

ケーキに穴が空くことになるから、ロウソクを立てることは昔からあまり好きではなかったし。

奏音はコンロの火から直《じか》にロウソクに火を点け、ケーキに挿《さ》した。

確かにうちにはマッチもライターもないけど、かなりワイルドな方法だな……。

「はい、かずき君。フーってして？」

ニコニコと友梨に促《うなが》される。俺は幼稚園児《ようちえんじ》か。

しかしケーキのロウソクの火を吹《ふ》き消す前って、こんなに照れくさい気持ちになるものなんだな……。

三人からの視線が、さらに羞恥心《しゅうちしん》を増長させる。

だが、このまま座っているわけにもいかない。

意を決して息を吸い込み、俺はロウソクの火を吹き消した。その瞬間、三人からの拍手《はくしゅ》が飛ぶ。

「それじゃあ改めて。かず兄、27歳の誕生日おめでとー！」

「おめでとうございます！」

「おめでとう！」

誕生日を祝われるなんて、大人になってからは初めてだ。

何だか心がくすぐったくて、でもこの雰囲気《ふんいき》を楽しんでいる自分もいて。

この今日の誕生日は、ずっと忘れられないものになる——。

そう確信しながら、俺は三人に礼を告げた。

第5話　学校とJK

※　※　※

朝――。乗車率が限りなく高い電車に揺《ゆ》られながら、奏音《かのん》は学校に向かう。

ひまりが和輝《かずき》と会った時は痴漢《ちかん》に遭《あ》っていたらしいが、幸いにも奏音は今までそのような経験はなかった。

髪色《かみいろ》が明るいせいかもしれない、とは何となく感じている。

（ま、ひまりはおとなしそうに見えるしね……）

その点自分は、そういう痴漢をする人間に『絡《から》まれたら面倒くさそう』な女子高生に見えているのだろう。

ひまりはかなり芯《しん》があって強い――と奏音は思っているのだが、そのような性格と痴漢に狙《ねら》われやすいかはまた別問題だ。

（かず兄《にい》は、やっぱりおとなしそうな子が好きなのかな……。髪の色、もう少し暗くした方が良いのかな……）

幼馴染《おさななじ》みの友梨《ゆうり》もおっとりしているし――と、奏音は流れゆく窓の外の景色を見ながら少し切ない気持ちになった。

「奏音おはよー」

「あいよ、おはよー」

教室に入るやいなや、クラスメイトが声をかけてくる。

奏音の机の前では、奏音以上に髪色が明るい二人の女子が、楽しそうに会話をしていた。ゆいことうららだ。

二人と奏音は二年生になってから知り合ったのだが、奏音としては気楽に付き合える友達である。

おでこを出しているのがゆいこで、髪をサイドテールに結んでいるのがうららだ。

「あ、奏音じゃん。おはよ」

「おはおは」

「うん、おはよー」

奏音は自分の机に鞄《かばん》を置くと、椅子《いす》には座らずに机の上に腰掛《こしか》けて彼女たちの話を聞く態勢に入る。

「そういや昨日のライブ見た？」

「見た見た。６ｃｈ《チャン》のやつでしょ？　もうマジいっちゃんの笑顔が可愛《かわい》すぎてほんとヤバかった」

「だよね。いっちゃん、ちょっと振《ふ》り付け遅《おく》れてたし」

「そこな」

興奮気味に彼女らが話しているのは、最近デビューした若い男性アイドルグループのことだ。

二人はいわゆる『ジャニオタ』というやつである。

元はゆいこの方が熱狂《ねつきょう》的なファンで、後でうららを引きずり込んだらしい。

奏音も昨日のテレビは見たしアイドルにはそれなりに好感は抱《いだ》いているが、彼女らみたいに熱狂的になるほどではない。

というわけで、楽しそうに話す彼女らをニコニコと眺《なが》めていた。

「どしたの奏音。何か笑ってるけど。上機嫌《じょうきげん》？」

「うん、楽しそうだなって」

「楽しいよー。奏音もハマれよー。そしたらライブ一緒《いっしょ》に行けるのに」

「いやぁ、私はテレビで十分だって。それに今お金ないんだよねー」

「そっか。んじゃお金が貯《た》まって気が変わったらいつでも言ってよ。沼《ぬま》に引きずり込む準備はできてるから」

「あはは。じゃあ気が向いたらね」

奏音は笑って誤魔化《ごまか》す。

実は奏音は、母親が失踪《しっそう》したことを誰《だれ》にも言っていなかった。

二人の友達はおろか、教師にさえ。

だからクラスメイトたちにとって、奏音は明るくて気さくな女子高生という評価のままだ。

彼女の母親が失踪しているのを知っているのは、和輝の家族と友梨、そしてひまりだけだった。

誰にも言っていないのは、無用な心配をかけたくないという思いが強かったから。

そもそも、母親はそれほど時間をかけずに帰ってくるだろうという考えもあった。

結局帰って来ないまま、既《すで》に一ヶ月近く経《た》ってしまったのだが。

(本当にどこに行っちゃったんだろう……。何も言わないでさ。私のこと、本当にどうでも良くなっちゃったのかな――って、ダメだダメだ)

考えると泣きたくなってしまう。

奏音は脳裏《のうり》に浮《う》かんだ母親の姿を強引《ごういん》に追い出し、二人との会話に集中することにした。

相変わらず二人は「あの笑顔が可愛い」とか「髪で目が隠《かく》れた瞬間《しゅんかん》が最高にエロい」などと言って盛り上がっている。

二人ともテレビで目当てのアイドルを見た次の日は、毎回とても嬉しそうにはしゃいでいるな——と奏音は思った。その無邪気《むじゃき》さが、ちょっとだけ羨《うらや》ましくもある。

「もうさー。本当存在してくれるだけで尊い」

「わかる。何もしてなくても立ってるだけで『好き……』ってなる」

二人の会話に奏音は思わず目を見開く。

それは、今自分が抱いている想《おも》いと似ていると思ったからだ。

確かに、和輝が自分に気を回してくれるととても嬉しい。けれど何もしてくれなくても、彼の存在自体が奏音には嬉しいものになっていて。

そう。側《そば》にいてくれるだけで嬉しいのだ。

そんな自分の心に気付いた奏音の胸に、キュッと優《やさ》しい痛みが広がった。

三時間目の授業を終えた休み時間。教室の隅《すみ》にクラスの男子が集まっていた。

一人のスマホを、数人の男子が覗《のぞ》きこみながら見ている。おそらく動画でも見ているのだろう。

奏音の学校は男子の数が女子の五分の一しかいないので、必然的に男子達には結束感が生まれている。

「うわ、でけぇな……」

「俺はこういう色が好み」

「マジで」

最初は静かに見ていた男子達だが、やがてあまり耳に入れたくない、下ネタ系の話題で大層盛り上がり始めてしまった。

（本当、ガキって感じ）

奏音は心の中で呆《あき》れ、目を逸《そ》らす。常に落ち着いている和輝とはえらい違《ちが》いだ。

和輝はあのように露骨《ろこつ》に下品なことを言わないし、態度にも出さない。

ふと風邪《かぜ》の時のことを思い出してしまい、奏音は顔を赤くしながら頭《かぶり》を振った。

あの時は熱のせいで、自分はかなりおかしかった。

まさか和輝に背中を晒《さら》してしまうなんて。

とはいえ、それは和輝に安心感を抱いていることの証左でもある。

事実、和輝は何もしてこなかったどころか、態度すら変わっていなかった。

そして奏音の家に行った時、頭を撫《な》でてくれた手の感触《かんしょく》を思い出す。

大きくて、温かくて、優しかったあの手——。

やはり男性は大人に限るな——と奏音は改めて思うのだった。


昼休みになると、奏音は机の向きを変えてから弁当を広げる。

「奏音ってさぁ、いつも自分で作ってんだよね？」

奏音の弁当を眺めながら、うららがポツリと洩《も》らす。

「うん、そうだけど。どしたの？」

「いやぁ、女子力高いよねーと思ってさ」

「そうかな？」

弁当はシンプルにただ詰《つ》めているだけだ。

決してキャラ弁などの華《はな》やかな弁当ではないのだが、どのあたりが女子力が高いのだろう——と奏音は疑問に思う。

「わふぁふぃもふぉうおほほう」

コンビニ産のハムとレタスのサンドイッチを頬張《ほおば》りながら、ゆいこも同調するように頷《うなず》く。

「口に入れたまま喋《しゃべ》んなさんなって。何言ってるかわかんないし」

奏音が笑いながら言うと、ゆいこはゴクリと飲み込んでからパックのフルーツジュースを一口啜《すす》り、ふぅ、と一息ついてからようやく口を開く。

「私もそう思う。だってこのミニトンカツ、手作りでしょ？　冷凍《れいとう》っぽくないもん」

「そうだけど……昨日の晩ご飯の残りを入れただけだよ？」

「それが既にスゴいんだけど」

「そう、それ！」

「えっと……ありがと」

料理を作ることは、子供の時から自分にとって当たり前のことだった。

それを友達から改めて褒《ほ》められると少しくすぐったい。

そういえば、今日の晩ご飯は何にしよう――。

和輝とひまりも喜んでくれるので作りがいがあるが、毎日メニューを考えるのは少し大変だった。

(うーん、決まらない。スーパーに行って、食材の値段を見てから決めるかな)

弁当を食べながら、奏音は既に晩ご飯に思いを馳《は》せるのだった。

ホームルームの時間は文化祭の準備だ。

テスト期間が終わってからほとんど日にちを空けずに文化祭なので、結構本気で取り組まないと間に合わない。

一年の時は展示だけだったが、今年奏音のクラスがやるのはコスプレ喫茶《きっさ》。

衣装《いしょう》だけでなく食べ物も提供するので、展示と違い念入りな事前準備が必要だ。

今日は、提供する食べ物と飲み物をどう確保するか、どれくらい用意するのか、といった話し合いがなされていた。

ちなみにコスプレは裏方とか関係なく、全員がするらしい。

各々《おのおの》好きなように――という感じなので、ハロウィンみたいな雰囲気《ふんいき》になることはやる前から目に見えていた。

色々と意見が飛び交《か》う教室の中で、奏音は頬杖《ほおづえ》をつき、ぼんやりと窓の外を見ていた。

興味がないわけではないのだが、こういう話し合いに参加するのは苦手な方だ。

とはいえ、協力しないわけではない。

何か係が決まったら、おとなしくそれに従うつもりだ。

まあ、よっぽど嫌《いや》な役割を押し付けられてしまったら、少しは抵抗《ていこう》するかもしれないけれど。

（しかしコスプレ喫茶かぁ。今度かず兄を誘《さそ》ってみようかなぁ）

以前和輝には『店に行くのは迷惑《めいわく》だからやめろ』と言ってしまったが、奏音も興味が湧《わ》いてきてしまった。

ひまりはどんな感じで働いているのだろう——と考えたところでチャイムが鳴った。


「ただいまー」

奏音はスーパーの袋《ふくろ》をぶら下げて帰宅する。

家の中はしん——としており、奏音の声に応《こた》える人はいない。

「そっか。今日はひまりはバイトだっけ」

キッチンの明かりを点《つ》けてから、テーブルの上にスーパーの袋を置いた。

「よっし。今日も腕《うで》によりを掛《か》けてご飯を作りますか」

奏音は一人で呟《つぶや》いてから、買ってきた食材を取り出す。

今は誰もいない家の中。自分の出す音以外のものがない、静かな空間。

だけど、二人が帰ってくることがわかっているから寂《さび》しくはなかった。

※　※　※

第6話　昼休みと俺

昼休みを告げるチャイムが鳴ると、自然と伸《の》びをしてしまう。

部署内も途端《とたん》にざわめきだし、それぞれが昼食の準備を進めていた。

「駒村《こまむら》ー。食堂に行こうぜー」

いつものように、軽い調子で磯部《いそべ》が声をかけてくる。

「すまん、今日は弁当が食いたい気分なんだ。コンビニで買ってくる」

少しだけ申し訳ないと思いつつも、素直《すなお》に自分の欲求《よっきゅう》に従うことにした。

体にあまり良くなさそうなコンビニ弁当が無性《むしょう》に食べたくなる時がたまにある。

今日はそれだ。

毎日食堂に通っていると自分好みのメニューが決まってちょっと飽《あ》きてくるので、たまにこうして気持ちをリセットしたくなるのだ。

「そう？　だったら俺も今日はコンビニに行くわ」

磯部も俺についてくるらしい。

というわけで、俺たちは社員証を首からぶら下げたまま、会社のビルの前にあるコンビニへ向かうのだった。

コンビニでそれぞれ弁当を買った俺たちは、そのまま社内のフリースペースへ。

フリースペースは飲食の持ち込みもOKなので、持参した弁当を広げている女子社員も多くいる。

俺たちは窓側のカウンター席に座り、買ってきた弁当を袋から取り出す。

温めてもらった弁当はまだ熱々で、ビニールの包装を剝《は》がすのにちょっと苦労した。

ちなみに今日は、ジャンボチキン南蛮《なんばん》弁当とウーロン茶にした。

既《すで》にほんのりと匂《にお》いは洩《も》れていたのだが、プラスチックの蓋《ふた》を開けるとさらにチキンの匂いが広がる。

隣《となり》の磯部は大盛りペペロンチーノなので、これまたガーリックの匂いが強烈《きょうれつ》だ。

業務上、営業部の人たちはこういう匂いがキツい昼食はあまり食べたくないだろうなぁ
——とぼんやりと考える。にんにくラーメンとか。

そこは経理部で良かったと思う。

まあ食べる物が制限される以前に、そもそも人と接するより数字を見ている方が好きなので、できればこの先も他《ほか》の仕事はあまりしたくないのだけれど。

「あ、駒村さんに磯部さん。隣いいですか？」

割り箸《ばし》を割ったところで、不意に後ろから女性の声がした。

振《ふ》り返ると、ショートカットの髪型《かみがた》の爽《さわ》やかな女性が立っていた。

営業部の佐千原《さちはら》さんだ。

昼食時に会うのは、この間の食堂以来だ。

「お？　どうぞどうぞ」

「ありがとうございます」

すかさず磯部が勧《すす》めると、佐千原さんは俺の隣の椅子《いす》に座った。

ちょっぴり残念そうな磯部の顔を見るに、どうやら自分の隣に座って欲しかったらしい。

身だしなみに気を付けているからか、常に彼女からは良い匂いがするのでその気持ちはわからんでもない。

……もしかすると佐千原さんは、磯部のペペロンチーノの強いガーリック臭《しゅう》から距離《きょり》を取りたかったのかもしれない。とちょっと深読みしてしまった。

「今日はいつも一緒《いっしょ》に食べる同僚《どうりょう》が欠席しちゃって。部署内で食べても良かったんだけど、おじさ——先輩《せんぱい》たちが愚痴《ぐち》を言い始めたので逃《に》げてきちゃいました」

言葉の一部を言い直し、佐千原さんは持参していた弁当を袋から取り出す。

犬のキャラクターがプリントされた弁当袋が、彼女が可愛《かわい》い物好きだということを物語っていた。

「まぁ確かに、飯は良い気分で食べたいっすもんね」

ペペロンチーノをフォークに巻きつけながら磯部が神妙《しんみょう》に頷く。

「そうなんですよー。私ああいう雰囲気が苦手で。経理部はそういうのありますか？」

「んー。何か俺らの部署は割と平和っすね」

「確かに。部長をはじめ、他のみんなも寡黙《かもく》なタイプが多いからな……」

その分、腹には溜《た》め込んでるのかもしれないけど。

俺も何か思われてるのだろうか。

まあ、こちらに否があること以外はあまり気にしないが。

「なるほどー。じゃあ磯部さんと駒村さんは経理部の中でもちょっと特殊《とくしゅ》なタイプなんですね」

「いや、それどういう意味っすか佐千原さん!?」

「俺を磯部と同じ括《くく》りにしないでほしい……」

「それもどういう意味だよ駒村!?」

「ふふっ。こういうやり取りをしているところです」

思わず苦虫を三匹《びき》くらい嚙《か》み潰《つぶ》したような顔をしてしまった。

佐千原さんと昼食を食べるのはこれが初めてではないので、妙《みょう》な緊張感《きんちょうかん》が漂《ただよ》うことなく、その後も会話と食事は続いたのだった。


一番に食事を食べ終えた俺は、窓の外をぼんやりと眺《なが》めていた。

地下にある食堂と違《ちが》い、このフロアは七階にあるのでそれなりに景色も見える。

見えるはずもないのに何となく家がある方向を眺めていると「そういえば……」と弁当箱を片付けながら佐千原さんが切り出す。

「駒村さん、最近身だしなみが整ってますよね」

「え……」

「シャツもネクタイもピンとしてます」

思わずギクリとしてしまった。

奏音とひまりの存在を匂わせてしまっていないかということと、少し前の俺はたまにしか会わない人からも「シャツがよれている」と思われていたこと、二重の意味でだ。

「お、そこに気付くとはさすが佐千原さん。前も言ったけど、俺はこいつに彼女ができたんじゃないかってずっと疑ってるんすけどね。頑《かたく》なに認めないんすよ」

「だから彼女なんてできてないって言ってるだろ」

「ほんとにぃー？　怪《あや》しぃー」

女子高生みたいな喋《しゃべ》り方でニヤニヤする磯部。

あまりムキになって反応するとさらに疑われてしまうかも――という考えが過《よ》ぎり、上《う》手《ま》い返しができない。

磯部には以前に似たような返事をしたような気もするが、やはり納得《なっとく》いってないみたいだ。

こいつ、脳天気に見えるけど変なところで勘《かん》が良いからな……。

「心境の変化でもあったのですか？」

「まぁ……ちょっと。初心に返ってみようかと……」

「へえー……」

これがちゃんとした理由になっているのかはわからんが、奏音とひまりの話題は欠片《かけら》も出すつもりもないし……。

「うん、その心意気は素敵だと思います」

「へっ？」

「ふふっ。では私は先に戻《もど》りますね」

佐千原さんは悪戯《いたずら》っぽい笑《え》みを残し、素早くその場から立ち去る。

俺はしばし彼女の後ろ姿を見つめていた。

普段《ふだん》は褒《ほ》められることがないので、いきなり「素敵」と言われてちょっと戸惑《とまど》ってしまう。

「駒村……お前……」

磯部がジト目で俺の方を見てくるので、途端に居心地《いごこち》が悪くなる。

「ついにモテ期到来《とうらい》か？」

「いや、ただの社交辞令だろ」

そもそも、彼女に好かれるほど接していないし。

「くそ。俺も明日から新しいシャツをおろすぞ。ネクタイもお洒落《しゃれ》なやつにする。ついでに靴《くつ》も磨《みが》いてやる」

別に俺と競《きそ》わんでも——と思ったが、磯部も身だしなみが整うのは良いことなのでは？という考えに至り、あえて何も言わなかった。

第7話　メイド喫茶《きつさ》とJK

※　※　※

ひまりがバイトをしているメイド喫茶『擬人《ぎじん》化ねこカフェ・もふもふ』。

メイドは全員、メイド服の上から猫《ねこ》の耳と尻尾《しっぽ》を付けたお店だ。

今日は土曜日とあって、明るい時間から店内はそれなりに盛況《せいきょう》だった。

「『まろん』ちゃん、次は五番カウンターのお客様をお願い」

「はい！」

ひまりは元気良く返事をする。

『まろん』というのは、この店でひまりが使っている仕事上の名前だ。

茶色の猫耳と尻尾なのでこの名前なのである。

本名だと問題が発生する可能性が高い――というのも、ニックネームを使用する理由の一つなのだという。

他に『モモ』や『ココ』、『すず』や『きなこ』など、全員が猫に付けるようなニックネームだ。

ひまりは言われた通りにテーブルに行き、水を提供する。

（あ、この人――）

二十代後半と思《おぼ》しき恰幅《かっぷく》の良い男性は、最近よく店に来てくれる人だ。

ひまりのことを気に入ってくれているのか、料理の提供時によく指名してくれる。

「ご主人様。ご注文はどうされますか？　……にゃん」

『擬人化ねこ』というコンセプトの店なので、メイドは全員語尾《ごび》に「にゃん」を付けて会話するのだが、ひまりはたまに忘れてしまう。

この間の駒村《こまむら》との練習も、あまり成果は出ていない。

しかしその慌《あわ》てて付け足す様子が逆にお客さんには可愛いと思われているらしく、笑顔で流してくれる人ばかりだ。

「そうだなぁ。今日は『ねこじゃらしミートスパゲッティ』を頼《たの》もうかな」

「『ねこじゃらしミートスパゲッティ』ですね。かしこまりましたにゃん」

ちなみに当然だが、ねこじゃらしに見立てたカリフラワーをあしらっているだけなので、本当にねこじゃらしが入っているわけではない。

「ドリンクはどうされますか？　……にゃん」

「…………」

しかし、男性からの反応がない。

男性はじっとりとした笑顔でひまりを見つめている。

「あ、あの……？　ドリンクは……」

「あぁ、ごめんごめん。じゃあ今日は『またたびジンジャーエール』で」

ちなみにこちらも本当にまたたびが入っているわけではない。

メニューは全《すべ》て、猫に関係するものの名前が付けられているのだ。

「かしこまりましたにゃん。それでは少々お待ちくださいませにゃん！」

ひまりは注文を聞き終えると厨房《ちゅうぼう》に向かう。

そして料理を担当しているスタッフに「ミートスパゲッティお願いします」と声をかけてから、伝票を規定の位置に置く。

ドリンクはメイドが用意するので、ひまりはそのまま業務用冷蔵庫を開けた。

「お、またミートスパゲッティか。何か今日は人気だな」

厨房を担当している青年がぽつりと呟《つぶや》く。

彼は厨房専門のアルバイト、高塔《たかとう》。

大学二年生で、最近入ったアルバイトだ。

だが他《ほか》のメイド喫茶で一年以上働いていたという。そのせいか新人だが動きは既《すで》にベテランで、皆《みんな》からの信頼《しんらい》は厚い。

「駒村さん、ジンジャーを用意したら八番テーブルのお客様にもジンジャーお願いね。あと三番カウンターから写真の指名きたから。五番カウンターは私が持っていくよ」

「はい！」

別のアルバイトのメイドから言われ、ひまりは元気良く返事をする。

ひまりは初めてのアルバイトだったので最初は不安もあったが、この仕事の流れにもだいぶ慣れてきた。

冷蔵庫の中からジンジャーエールが入ったパックを取り出し、流れるような手付きで棚《たな》からグラスを二つ取り出してジンジャーエールを注《つ》ぐ。

またたびに見立てたハートのＰＯＰをグラスの縁《ふち》に立ててから、猫型ストローを挿《さ》したら完成だ。

ひまりはすぐにジンジャーエールを注文したお客さんの許《もと》へ。

「お待たせしました。『またたびジンジャーエール』です……にゃん！　その前に、もっと美味《おい》しくなる魔法《まほう》をかけたいんですけど、人間であるご主人様にも手伝ってほしいにゃん」

「え、俺に？」

「はい、ですにゃん。まろんは元は猫だから、魔法の力が弱いのですにゃん……。今からまろんが『にゃんにゃんみーみー、もっともっと美味しくなぁれ♪』と魔法を唱えるので、ご主人様もその後に真似《まね》してほしいにゃん」

両手を猫のように曲げながらひまりが告げると、男性客は「わかりました」と少し戸惑いつつも笑顔で応《こた》えた。

「それではいきますよー。『にゃんにゃんみーみー、もっともっと美味しくなぁれ♪』」

「にゃ……にゃんにゃんみーみー、もっともっと美味しくなぁれ」

どうも今日が初めての来店らしく、笑顔の中に若干《じゃっかん》の照れが見て取れる。

こういう初々《ういうい》しい反応をするお客さんの反応を見るのも、ひまりは楽しくなってきていた。

「はい、ありがとうございました！　これでもっと美味しくなりました……にゃん。ごゆっくり召《め》し上がれにゃん！」

ひまりは別のお客さんの所へ移動。

次は写真撮影《さつえい》だ。

そこではポラロイドカメラを持った別のメイドも待っていた。

「お待たせしましたにゃん。今回はまろんをご指名してくれてありがとうございますにゃん」

「よろしく、まろんちゃん」

メニューの中にはメイドと一緒《いっしょ》に写真を撮《と》ることができるコースがあるのだが、ひまりを指名してくれるお客さんも増えてきた。

中には、今日はひまりがいるかどうかを最初に確認《かくにん》してくるお客さんもいるほどだ。

ひまりとその男性客は、両手を猫の手にしてポーズを取る。

「それじゃあ撮りますにゃん。はい、ごろにゃん！」

この店独特の掛《か》け声と共に、カメラのフラッシュが光る。

写真はすぐにカメラから出てきた。ひまりはそれにカラーペンでメッセージを書き込む。

写真を受け取った男性は「ありがとう」と笑顔で応《こた》えてから会計に入った。

「いってらっしゃいませにゃん！」

ひまりは笑顔で男性客を見送ると、次の新規客の対応をするために厨房へと戻る。

——楽しい。

ひまりはこのアルバイト先を選んで良かったと心から思っていた。

ここなら両親が捜《さが》しに来ることはまずないだろうし、時給もそれなりに良い。

家に帰った後、それでもひまりの夢を両親が受け入れてくれなかったらどうしよう――と不安だった。

でも仮にそうなっても、高校を卒業したら家を出て一人でやっていける自信はついてきた。

一人暮らしは大変そうだが、駒村と奏音《かのん》と生活する内に、何とかできるような気になっていたのだ。

「あ、次はオレンジジュース用意してくれる？」

「はい！」

高塔から次の指示がきた。

とにかく、今はアルバイトを頑張《がんば》りつつ、家では絵を描《か》いて常にチャンスを待つ――。

小さく決心をしてから、ひまりはまた業務用冷蔵庫からドリンクを取り出した。

『いつもと違《ちが》う』ことが起こったのは、この後だった。

「はー、終わったぁ」

今日のバイトの就業時間が終了《しゅうりょう》し、店内の片付けを終えたひまりは、控《ひか》え室で着替《きが》えをしていた。

「ひまりちゃん、今日は指名多かったよね」

同じく着替えをしながら言ったのは、フリーターの恵蘇口《えぞぐち》だ。

22歳の彼女は劇団員で、実家を出てやっていくためにお金を貯めている最中だという。

そのせいか、ひまりは彼女に共感する部分が多い。

同時に彼女の大人っぽい雰囲気《ふんいき》と比べて、自分はまだまだ子供だなと少し劣等感《れっとうかん》も抱《いだ》いてしまうのだけれど。

「えへへ。ありがたいことです」

「私ももっと頑張らないとなー」

恵蘇口は「んっ」と伸《の》びをしてからロッカーの扉《とびら》を閉める。

「よし、じゃあ先に帰るね。お疲《つか》れー」

「お疲れさまでした」

彼女の後ろ姿を見送りながら、ひまりも早く帰らないと――と支度《したく》する手を早める。

「今日の晩ご飯は何かなぁ」

制服の上からエプロンをかけた奏音が「おかえり」と出迎《でむか》えてくれる姿を考えるとお腹《なか》が減ってきた。

ひまりは奏音の料理にすっかり餌付《えづ》けされてしまった。

とはいえ、今後一人暮らしをするなら料理もちゃんと覚えなきゃいけないなぁ――とぼんやりと考えながら外に出る。

外はすっかり暗くなっていた。

シフトは週三~四日の時間フリーで提出しているのだが、最近は夕方から夜にかけてシフトに入る日が多くなっていた。

夜の方が来客が多く、時給も昼間よりちょっとだけ高いので、ひまりにしては特に不満もない。

強《し》いて言えば、晩ご飯を二人と一緒に食べられないことくらいだろうか。

その分、朝ご飯の時間をより堪能《たんのう》するようになったわけだが。

「まろんちゃん」

突然《とつぜん》店内でのニックネームで呼ばれ、ひまりはビクッと肩《かた》を震《ふる》わせる。

顔を上げると、数時間前に接客をした恰幅の良い男性が立っていた。

(え……?)

ひまりの頭は混乱する。

どうしてこの人がここに?

「あ、あの……?」

忘れ物でもしたのだろうか——と、ものすごく好意的に解釈《かいしゃく》しかけたひまりだが、しかしはたと思い出す。

この人が店を出たのは数時間も前なのに、今もここにいる理由は？

もしかして自分のバイトが終わるまで待ってた？

従業員用の出入り口の前で？　ずっと？

そう考えた瞬間《しゅんかん》、全身にゾワリとした怖気《おぞけ》が走る。

「まろんちゃん、お仕事終わったんだね。お疲れさま」

今のひまりは『まろん』ではない。

店の外に出てからニックネームで呼ばれることにも抵抗《ていこう》があった。

言ってしまえば『ひまり』も本名ではないのだが、それなりに思い入れのある名前とバイト用のニックネームでは、やはり感じ方が違う。

「家はこの近くなの？　夜だから送ってあげるよ」

にこやかに告げる男にひまりは恐怖《きょうふ》を覚えた。

まさか、家まで着いてくるつもりなのか。

断りたい。

でも断ったら豹変《ひょうへん》してしまわないだろうか？

駒村より体重がありそうなこの体格で襲《おそ》われたら――。

「あ、あの…………」

どうしよう？　どうすれば穏便《おんびん》に断れる？

走って逃《に》げてしまおうか。でも追いかけてきたら？

そもそも彼の脇《わき》をすり抜《ぬ》けられるのか？

どうしよう。

どうしようどうしよう――。

恐怖と混乱でひまりの目の端《はし》に水滴《すいてき》がにじみ始めた、その時。

「あらぁ。うちのメイドに何か御用《ごよう》？」

低い男性の声が割って入る。

振《ふ》り返ると、赤いタイトなスカートを穿《は》いた見目麗《みめうるわ》しい女性が、腕《うで》を組みドアに背を預けて立っていた。

「あ、店長……」

思わずひまりは呟《つぶや》く。

そう。彼女こそ『擬人《ぎじん》化ねこカフェ・もふもふ』の店長、中臣《なかおみ》である。

見た目は完全に女性、中身もとても乙女《おとめ》、でも戸籍《こせき》上の性別は男という人物だ。声もとてもイケメン――いわゆる『イケボ』というやつだ。

「あ、いや。用というか……」

突然の中臣の乱入に男はかなり動揺《どうよう》したのか、急にしどろもどろになる。

この見た目と声の激しいギャップに、初対面の人間は誰《だれ》もが面食《めんく》らってしまう。

ひまりもバイトの面接の時、大層驚《おどろ》いてしまったものだ。

「終業後のメイドに話しかけるのは遠慮《えんりょ》してくださらない？」

二の句が継《つ》げない男の目を真《ま》っ直《す》ぐと見据《みす》える目は、さながら獲物《えもの》を狙《ねら》う鷹《たか》のように鋭《するど》い。

「もし今後も同じことをするようでしたら――こちらもしっかりと対策させていただきます」

加えてドスの利《き》いた声で告げたので、男はすっかり怯《ひる》んでしまったらしい。

「す、すみませんでした」

と弱々しく呟くと、一目散に走って逃げていった。

男の姿が見えなくなると、中臣はふぅと大きく息を吐《は》く。

「ひまりちゃん大丈夫《だいじょうぶ》？」

名前を呼ばれ、ようやくひまりはハッと我に返る。

「は、はい。大丈夫、です……。ありがとうございました、店長」

ひまりはペコリとお辞儀《じぎ》をする。

「従業員を守るのは当たり前だから。気にしなくていいわよ」

「でも、どうしてわかったんですか？」

「一服しようと外に出ようとしただけよ。タイミングが良かったわ。ちなみにさっきの男、最近よく来てた人？」

中臣は他《ほか》の店も経営しているらしく、留守にしていることも多い。なので客の姿を見る機会が少ない。

「はい、今日も来ていました。思い返せば最近は特に見られている感じがしたんですけど——まさかこんなことになるとは思ってもいませんでした……」

「そうだったんだ。営業中にメイドに連絡《れんらく》先を渡《わた》してくるお客さんはこれまでにもいたけど、裏で待ち伏《ぶ》せしてるのは私も初めての経験だわ。ん〜〜、何か対策しなきゃねぇ……」

「すみません……」

「ひまりちゃんが悪いわけじゃないでしょ。そこは謝んなくていいわよ」

「でも……あのお客さん、もうお店に来ないでしょうか……」

「ま、あの手の男はもう来ないでしょうね。目を見た限り気弱そうだったし」

「…………」

ひまりは少しだけ引っかかる。

あのお客さんは最近よく来てくれていたので、店の売り上げに確実に貢献《こうけん》していたのは事実だ。

「まさか、店の売り上げを気にしてるの？　いやいや、そんなこと気にしなさんなって。真面目《まじめ》がすぎるわよ！　いくら金払《かねばら》いが良い客でも、面倒《めんどう》ごとを持ち込むくらいなら来なくていいってもんよ。他のメイドにも被害《ひがい》が出なくてすむしね。それよりもこれからもっとひまりちゃんのファンを増やせばいいだけよ」

明るい口調でウインクしながら言う中臣に、ようやくひまりもフッと笑う。

そうだ。ファンになってくれる、トラブルを起こさない善良なお客さんをこれから増やしていけばいいだけのことだ。

ここは引き摺《ず》るのはやめて、また新たに頑張ろう。

ひまりは決意し直す。

そのタイミングで、従業員用の出入り口から高塔が出てきた。

「あれ？　店長に駒村さん……？　どうしたんですかこんな場所で」

「お、高塔君、ちょうど良いところに」

「え？」

高塔は目を丸くするばかり。

しかし中臣はそんな高塔には構わず、ひまりに問いかける。

「ひまりちゃんは電車だったっけ？」

「は、はい」

「よし。そこの高塔青年。ひまりちゃんを駅まで送っていくべし」

「へっ⁉　いやでも、男の従業員がメイドと一緒《いっしょ》に帰るのは禁止では……」

「店長命令だから今日はヨシ！　ひまりちゃん、高塔君に説明よろしくー。私は今からシフト組まなきゃいけないから」

中臣はひらひらと手を振りながら、扉の中に入っていく。

一服しようとしていた——と言っていたが、結局していない。それは良いのだろうかとひまりは思ってしまったが、今はそれよりいきなり話を振られた高塔に説明をしなければならないよな、と彼の顔を見る。

「ええと……よくわかんないけど行こうか、駒村さん」

「はい、お願いします。歩きながら説明しますね……」

明らかに困惑《こんわく》ムードを出している高塔と、ひまりは並んで歩き出すのだった。

※　※　※

その日の夜は、奏音がリビングのテーブルの上に教科書と問題集とノートを広げていた。

そういえば、今まで奏音が家で勉強している姿を見たことがなかったな。

「勉強するなんて珍《めずら》しいな」

「もうすぐテスト期間なんだよー……」

答える声は弱々しい。

「テストって今の時期だと期末テストか？　あれ？　でも先月は何もやってなかったよな」

「だって先月はテストなかったから。うちの学校三学期制じゃなくて二学期制なんだ。だから今回が今年初めての中間になるわけ」

「へー……なるほど」

俺は中学も高校も三学期制だったからそれが常識だったので、二学期制の学校もあることを初めて知った。

「――てことは、テストは年に四回ってことか？」

「そう！　そこは三学期制の学校よりちょっとラクなんだよね。とはいっても、やっぱテストは嫌《いや》なんだけど……」

「まあ、頑張《がんば》れ」

「うぃ……」

テンション低めに答えた奏音は、また問題集に目を戻《もど》す。

ひまりはパソコンの前でその様子をそっと見ていた。

少しそわそわしているように見えるのは、自分の学校のことを思い出したからだろうか。

そういえば、ひまりの学校の方は大丈夫なのだろうか。

気になったので聞いてみたい気もするが、本人から口にしないことをあまり詮索《せんさく》するのも良くないなと思いとどまる。

「うー……やっぱ無理ー……わかんないー……頭が爆発《ばくはつ》しそう……」

テーブルに突《つ》っ伏《ぷ》しながらぼやく奏音。

問題集に顎《あご》を乗せたまま、奏音は視線だけを俺に送ってきた。

「ねえ。かず兄《にい》が高校生の頃《ころ》、得意な教科は何だった？」

「数学だな」

「わ。見た目そのまんまだ」

「悪かったな、見た目通りで」

そんなに俺は数学が好きそうな見た目をしているのだろうか。

自分ではよくわからん。

確かに「国語が得意そうですね」と言われたことは一度もないけれど……。

「いや、悪い意味じゃないって。今ちょうど数学やってるから、教えて欲しいんだけどいい？」

「俺でわかる範囲《はんい》ならな」

俺が勉強していた時と今の高校生の学習内容は同じなのだろうか——という疑問もちょっと湧《わ》くが、とりあえず見てみることにした。

「ここはこの公式を使えば——」

「あ、なるほどわかった！　サンキューかず兄」

俺が教科書を指し示すと、奏音は顔を明るくして問題を解く。

俺に教えることができるのかと少し不安だったが、教科書を軽く読めば理解できたので助かった。

それにしても、教科書を見るのも久々だな。懐《なつ》かしい。

………高校か。

不意に頭に流れた昔の記憶《きおく》は、何気ない授業の一幕。

退屈《たいくつ》で時計の針ばかり気にしていたあの頃は、それが二度と戻らない貴重な時間だということは微塵《みじん》も考えていなかった。

夢を諦《あきら》めてからは、本当に日々の授業をただこなしていくだけという感覚だった。

別の打ち込める何かが見つかっていたら、俺は別の『特別な何か』になれていたのだろうか——。

そんなセンチメンタルなことを考えてしまうのは、静かな部屋に響《ひび》く時計の秒針の音が原因だったのかもしれない。

次の日の夜も、奏音はテスト勉強に打ち込んでいた。

しかし俺が風呂《ふろ》から上がると（今日は俺が最後に入る日だった）奏音は机に突っ伏すような形で寝息《ねいき》を立てていた。

「寝てしまったのか」

俺が呟《つぶや》くと、ひまりが「しー」と人差し指を自分の口元に当てる。

そしてひまりは薄手《うすで》の毛布をそっと奏音の肩《かた》にかけた。

いつもは奏音の方が母親っぽいのだが、今はまるっきり逆の印象だ。

「奏音ちゃんの学校、文化祭の準備もあるみたいなんで大変そうなんです。だから奏音ちゃん、最近ちょっと疲《つか》れているみたいで」

そういえば今月の終わりに文化祭があると言っていたな。

確かにテスト期間と重なっていると、準備に勉強にと大変そうだ。

ちょっと同情してしまう。

ひまりはしばらく奏音の寝顔を見つめていた。

その顔はやけに物憂《ものう》げだ。

「ひまりは――」

言いかけて、そこで躊躇《ちゆうちよ》してしまう。聞いてもいいのだろうかと。

「はい？」

小首を傾《かし》げるひまり。

ここでやめると逆に気になるよな……。

俺は意を決して口を開く。

「学校は楽しかったのか？」

ひまりは困ったような笑顔《えがお》を作る。

小さく口を開きかけて、そしてまた閉じてを繰《く》り返したが、言葉は出ない。

俺は何も言わず、ただ待つ。

しばらく奏音の小さな寝息だけが部屋に響き——。

「正直に言うと、わかりません。嫌ではなかったですが……」

ぽつりと、消えそうな声で囁《ささや》いた。

「クラスメイトの子とそれなりにお喋《しゃべ》りはしていたけど、特別に仲が良かった友達がいたわけじゃないし。それに、両親から学校が終わったらすぐに家に帰るように言われていたので。放課後に部活をしたり友達と遊んだりとか、なかったんですよね……」

何となく、そうなんじゃないかという予想はしていた。

特別に仲が良い友達がいたなら、家出をする前にそっちに相談していただろう。

でも、ひまりにはそういう頼《たよ》れる友達がいなかった。

きっと家で絵を描《か》いている時が、ひまりの心が一番充実《じゅうじつ》していた時間だったのだろう。

しかし、それは両親によって奪《うば》われてしまった——。

俺は思わず天を仰《あお》ぐ。

この前ひまりは、お金が貯《た》まったら一度家に帰って両親と向き合うと言った。

それで、全《すべ》てが上手《うま》くいけばいいのだが——。

ぐうぅうぅぅぅぅ。

突然《とつぜん》乱入した珍妙《ちんみょう》な音に、俺とひまりは思わず目を丸くする。

音の発生源は奏音から。

奏音の腕《うで》の隙間《すきま》から見える目は、いつの間にか開いていた。そしてとても恥《は》ずかしそうにしている。

「ご、ごめん……」

「奏音、起きたのか」

「うん……」

「奏音ちゃん、起こしちゃいましたか？　ごめんなさい……」

「ううん。ひまりのせいじゃないから……。おなかが減っただけ……」

夕食を食べ終えてから寝る前までの時間は、小腹がすくのはよくわかる。

「それじゃあ、奏音ちゃんが勉強を頑張れるように私が夜食を作ってきます」

両手を握《にぎ》ってなにやらやる気のひまり。

「いや、大丈夫《だいじょうぶ》なのか？」

「お茶漬《ちゃづ》けの素《もと》があるので、お湯を沸《わ》かすだけです。てわけでちょっと待っててね奏音ちゃん」

と、ひまりはすかさずキッチンに向かう。

「大丈夫なのか……？」

「さすがにひまりもお湯くらいは沸かせるから。かず兄心配しすぎ」

「いや、この時間に食べて、奏音が大丈夫なのか？　と言いたかったんだが――」

体重的に――というのは省略したのだが、意図は伝わったらしい。

ちょっとだけ奏音の目が泳ぐ。

「えぇと……お茶漬けはお湯みたいなもんだから。お湯。つまりカロリーゼロ。だから全然問題ない」

「…………」

いきなりとんでも理論を披露《ひろう》した奏音。

そのうち「汁物《しるもの》は全部お湯だし」とか言い出しそうだ。

まぁ、食べて勉強が頑張れるならそれで良いと思うが。

「ふぁっ⁉　熱っ⁉　湯気が熱いです！」

そのタイミングで、ひまりのポンコツな悲鳴がキッチンから聞こえてくる。

俺と奏音は思わず顔を見合わせて苦笑《くしよう》してしまった。

それから数日後――。

「かず兄、テストが返ってきた！　今回一つも赤点なかったよ！　数学に至っては私の過去最高点！」

と、勉強の甲斐《かい》があったことを、笑顔で報告してくれた。

自分が教えた成果が出ると嬉《うれ》しいものだな。

家庭教師のバイトはしたことがないが、今だけその気分を味わえたのだった。

朝――。

起きて間もなく俺はすぐにテレビを点《つ》け、朝の情報番組にチャンネルを合わせるのが日課だ。

これは二人がうちに来る前からの習慣でもある。

一番の目的は天気予報を見るためだが、常に画面の隅《すみ》に表示されている現在の時刻も、朝の生活リズムを保つのに助かっている。

部屋の時計を見るより、テレビ画面の時計の方がなぜか実感しやすいのだ。

いつものように朝食を食べ終え、着替《きが》えながらテレビを見ていると、芸能トピックからニュースに切り替わった。

『電車内で痴漢《ちかん》をしたとして、〇〇署は十三日、迷惑《めいわく》防止条例違反《いはん》容疑で、区内に住む男（57）を逮捕《たいほ》、送検したと発表しました』

「ん……？」

『痴漢』という単語に思わず反応してしまう。

そして映し出されたのは、ひまりと初めて会話をしたあの駅構内だった。

ひまりもそれに気付いたらしく、俺と目が合う。

『送検容疑は十日午前十六時ごろ、走行中の電車内で、背中合わせで立っていた女子高生の下半身を触《さわ》ったとしています。

同署によると、私服で警戒《けいかい》中の鉄道警察隊員が〇〇駅で頻繁《ひんぱん》に周りを見回すなど、不審《ふしん》な行動をしている男を発見。

複数の隊員が周囲に立って監視《かんし》を続けていたところ女子高生に痴漢をしたのを確認《かくにん》し、現行犯逮捕しました。男は容疑を認めているということです』

そこで映像が切り替わり、次のニュースが始まった。

もしかして逮捕されたのは、ひまりに痴漢をしたあのおっさんだろうか。

あの駅だし、見た目の年齢《ねんれい》的にも近い気がする。

だとしたら朗報だ。

「痴漢するおっさんとかマジ何考えてるんだろうね？　ほんと最悪だしこの世から消えてほしい」

１００％のオレンジジュースを飲みながら奏音がぼやく。

「うん、そうだね。でも捕《つか》まって良かった……」

ひまりも小さく呟いた。

あのおっさんかどうかはわからないが、これで不快な思いをする女性が減ったのは事実だ。

あの時、おっさんに逃《に》げられたことは心の隅にずっと引っかかっていたんだよな。

もう一度ひまりの顔をチラリと見ると、心なしか表情が明るくなっているように見えた。

仕事から帰宅すると、奏音のエプロンを身に着けてやる気満々のひまりがキッチンに立っていた。

「あ、おかえりなさい駒村さん」

「ただいま。……どうしたんだ、そんな恰好《かっこう》をして」

俺がエプロンのことを指摘《してき》すると、ひまりは得意そうに腰《こし》に手を当てて胸を張り――。

「今日は私が晩ご飯を作ります！」

自信満々に宣言した。

「ひまりが？」

奏音の手伝いをするという意味だろうか、と側《そば》に立つ奏音を見ると、彼女は隠《かく》せない不安オーラを纏《まと》っていた。

「ひまり、今日は一人で作るって言うんだよ」

奏音の言葉に、俺は思わず目を丸くしてしまった。

「え。大丈夫か？」

「大丈夫です！　バイト先で私もいっぱい見て勉強してますから！」

『見て勉強』という部分が引っかかる。

それはつまり、まだ実際に作ったことがないということでは……。

「今まで駒村さんと奏音ちゃんにはたくさん迷惑をかけてしまってますから……。少しでもそのお礼がしたいんです。それに……」

「それに？」

「あ、いえ……。個人的にちょっと安心したというか、区切りがついたというか……」

ごにょごにょと語尾《ごび》が小さくなる。

奏音は頭の上に疑問符《ぎもんふ》を浮《う》かべるばかりだが、俺は何となくだが察してしまった。

今朝の痴漢逮捕のニュースのことではなかろうか。

逮捕された奴《やつ》がひまりに痴漢をはたらいたあのおっさんという確証はないが、それでも何となくそうなのではないかという気もする。

ただの勘《かん》でしかないが。

世の中、悪いことをするとちゃんと自分に返ってくるもんだなと改めて実感したが——俺のしていることも『悪いこと』なのだろうなと考えてしまう。

確かに法律上『悪いこと』なのは自分でもわかってはいるのだが……。

そもそも、あの痴漢のおっさんがきっかけでひまりと出会ったわけなんだよな——。

……いや、今はそれを考えるのはやめよう。

「と、とにかく、大丈夫です！　作り方は本当にちゃんと覚えてます！」

「そこまで言うなら、今日はひまりが作ったご飯をご馳走《ちそう》してもらおう」

「はい！　頑張《がんば》ります！」

気合だけは十分と言わんばかりに、朗《ほが》らかに返事をするひまり。

しかし奏音はまだ心配そうだ。

「本当に大丈夫？　火傷《やけど》しないようにね？　何かあったらすぐに手伝うからね？」

どうやら料理が上手《うま》くできるかというより、ひまりが怪我《けが》をしないかが心配らしい。

過保護か。

「というわけで、駒村さんは先にお風呂《ふろ》に入ってくださいね」

「わかった……」

満面の笑《え》みで言われたら従うしかない。

ひまりの言う通り、俺はおとなしく洗面所に向かうのだった。


風呂のすぐ隣《となり》がキッチンだ。

そのせいか湯船に浸《つ》かっていると、「わぁっ!?」「熱いですっ!?」と、ひまりの短い悲鳴が途《と》切《ぎ》れ途切れに聞こえてくる。

……本当に大丈夫だろうか？

今さらながら不安になってきた。

いざとなったら頼《たの》むぞ奏音……。


心が全く安らげなかった風呂から上がると、テーブルの上にはミートスパゲッティが三人分並んでいた。

粉チーズも置いてある。匂《にお》いも良い感じだ。

失礼かもしれないが、悲惨《ひさん》な状態の料理が並んでいるのも想像していたので、綺麗《きれい》な状態であることにまず安堵《あんど》した。

「おぉ。美味《うま》そうじゃないか！」

素直《すなお》に感心を表したのだが、ひまりの返事がない。

彼女の方を見ると、なぜかぷるぷると震《ふる》えていた。

「ひまり……？」

「で、できた……。私にもできた……。頑張って盗《ぬす》み見た甲斐があった……」

感無量といった様子で小さく呟《つぶや》く。

自分で自分に感動してるのか、これは……。

「えへへ。駒村さん、私頑張りました！　一人で作れちゃいました！」

「そ、そうだな」

「だいぶ危なっかしかったけどね……」

苦笑する奏音の後ろの流し台の中は、鍋《なべ》と皿が積みあがってぐちゃぐちゃだ。

かなり格闘《かくとう》したんだなということが窺《うかが》える。

俺が料理を面倒《めんどう》に思うのはこれなんだよな。

作るだけで終わらない。片付けまでがセットってところだ……。

だから奏音がその作業の半分を担《にな》ってくれるようになって、本当にありがたく思っている。

「ちなみに奏音は手伝ったのか？」

「んーん。ひまりが一人でやるって聞かなかったからさ」

風呂場でひまりの悲鳴が聞こえていたのでもしやと思っていたが、どうやらひまりは最後までやりきったらしい。

これは感動したくもなるか。

よし。せっかく作ってくれたのだし、早く食べよう。

俺たちはテーブルに着き、早速《さっそく》手を合わせてフォークを取る。

「いただきます！」

ひまりは俺と奏音がスパゲッティを口に運ぶのを、固唾《かたず》を呑《の》んで見守っている。

緊張《きんちょう》しながらパクリと一口。

うむ、これは……。

しっかりとした味付けのミートソースが美味い。

パスタはちょっとだけ茹《ゆ》ですぎな気もするが、ミートソースの絶妙《ぜつみょう》な濃《こ》さがその少しのマイナス部分を中和してくれるので、ほとんど気にならない。粉チーズも振《ふ》りかけるとマイルドさも加わって、美味《おい》しさはさらにアップ。

初めて作ったにしては、これはかなり高得点ではなかろうか。

「美味い」

「うん、おいしいよひまり!」

「はう、良かったぁ……」

俺と奏音が素直な感想を伝えると、ようやくひまりは安堵の息を吐《は》き、笑顔を見せた。

「お店の味も褒《ほ》められたみたいで嬉《うれ》しいです」

正直に言うと、これはメイドがいなくてもリピーターが取れる味かもしれない。

こういう『たくさん食べても飽《あ》きない味』というのは大事な要素だ。

「お湯を沸《わ》かすのも危なっかしくてハラハラしてたんだけど、ちゃんと作れちゃった……。ひまり、成長したねぇ……」

奏音はなぜか、いたく感動していた。

お前は母親か。

こうしてひまりが初めて一人で作った晩ご飯は成功に終わったのだが――。

ぐちゃぐちゃの流し台の中を片付けるのがちょっと大変そうだったのは付け足しておく。

第8話　告白とJK

※　※　※

「はぁ………」

バイトを終えたひまりが控《ひか》え室に入ると、恵蘇口《えぞぐち》が着替《きが》えながら大きなため息を吐《つ》いたところだった。

そういえば、今日の彼女はいつもより元気がなかったというか、様子がおかしかった気がする。

注《つ》ぎかけのウーロン茶をこぼしてしまったり、料理を違《ちが》うテーブルに持っていってしまったりとミスが目立った。

「ひまりちゃん。私、バイトやめるかも……」

「えっ⁉」

突然《とつぜん》すぎる告白にひまりは驚《おどろ》く。

彼女はひまりがバイトを始めてから仕事を丁寧《ていねい》に教えてくれた先輩《せんぱい》でもあるだけに、とても寂《さび》しい。

何より『家を出るためにお金を貯《た》めている』という境遇《きょうぐう》に共感していたので、余計に。

「あの……何か理由が……？」

恵蘇口は開いたロッカーを見つめながら、フッと自嘲《じちょう》気味な笑みを口の端《はし》に浮かべ――。

「実はフラれちゃったんだよね。それで心機一転しようかと」

そして淡々《たんたん》とした口調で言った。

ひまりは目を丸くすることしかできない。

「えと……あの……？」

「まー、これは惚《ほ》れっぽい私の自業《じごう》自得というか。その相手も似たようなもんだったっていう、ただそれだけなんだけどね」

恵蘇口の恋《こい》がどういうものだったのか、ひまりは知らない。知らないが、叶《かな》わなかった恋の終わりの片鱗《へんりん》に触《ふ》れ、ひまりの胸はズキリと痛んだ。

「ま、いきなりやめると店長も困るだろうし。今月いっぱいまでは頑張るから」

着替え終えた恵蘇口はロッカーを閉め、手を振りながら帰っていった。

恵蘇口に少し遅《おく》れてひまりが従業員用の出入り口から外に出ると、扉《とびら》の上に設置された、人感式の照明が眩《まぶ》しく光る。

その隣には防犯カメラが設置されていた。

といっても、防犯カメラはダミーだ。

照明の方は前からある物だが、防犯カメラのダミーは、先日のひまりを待ち伏《ぶ》せていた客の件を受け、中臣《なかおみ》が即座《そくざ》に取りつけたものだった。

本物の防犯カメラを設置するにはやはりコストがかなりかかるらしく、すぐには無理らしい。が、ダミーでも心理的抑止《よくし》になる。

実際ダミーとわかっているひまり自身も、出入り口を通る時はちょっと緊張するようになった。

おかげであれから、あの客は来ていない。

ひまりは平穏《へいおん》なバイト環境《かんきょう》が戻《もど》ってきたことに安堵しつつ、中臣に感謝していた。

中臣はいずれ本物の防犯カメラを設置するとも言っていたので、心強い限りだ。

さらに高塔《たかとう》が、ひまりとシフトの終わりが重なった時は、駅まで一緒《いっしょ》に帰ってくれるようにもなっていた。

あの日一連の出来事を聞いた高塔が、しばらくの間は一緒に帰ると申し出てくれたのだ。

ひまりにとって、それもかなり心強いことだった。おかげで怖《こわ》い思いをすることなく帰れている。

人感式の照明が消え、周囲はまた暗くなる。

ふと空を見上げると、明るい星がいくつか瞬《またた》いて見えた。

ひまりは近くの牛丼屋《ぎゅうどん》に向かって歩き始める。

あの時以降、高塔と一緒に帰る時はそこの自販機《じはんき》の前で待ち合わせをする流れになっていた。

元々メイド喫茶《きっさ》では、トラブルを防ぐため男の従業員とメイドが一緒に帰るのは禁止されている。

とはいえ、店長の中臣の命令はまだ解除されていない。この特例が解除されるまではこの形式でいこう——ということになったのだ。

自販機の前に着いたひまりは、しばしそこで待ち続ける。

しばらくしてから、私服に着替《きが》えた高塔がやってきた。

「お待たせ。行こうか」

「はい」

合流してすぐ、二人は並んで歩き出す。

「今日はそれほど忙《いそが》しくなかったね」

「そうですねー」

駅まで数百メートルしかないので、その間の会話は本当に当たり障《さわ》りのないものが多い。

今日のお客さんが着ていたネタTシャツが面白《おもしろ》くて噴《ふ》き出しそうだったとか、お互《たが》いの最寄《もよ》り駅の様子とか、好きな漫画《まんが》とか。

これまで高塔と一緒に帰った数回は、そのような会話をして駅まで向かっていた。

「…………」

「…………」

しかし、今日はそこから会話が続かない。

高塔の雰囲気《ふんいき》がいつもと違うのをひまりは感じ取っていた。

そういえば、今日は仕事中もほとんど目が合っていなかった気がする。

(どうしたのかな。具合でも悪いのかな……)

ふと、恵蘇口が言っていたことを思い出す。

いや、でもまさか――とひまりが思ったその時、ようやく高塔が口を開いた。

「あの……駒村《こまむら》さん」

「は、はい。何でしょう?」

『駒村』の姓《せい》で呼ばれることに慣れてきたのに、この時ばかりは妙《みょう》に緊張してしまった。

「駒村さんは、その――彼氏はいる？」

「え？　いない、です……」

「あ、うん。だよね……。いたら、あの件以降迎《むか》えにきてるだろうし……うん」

何か一人で納得《なっとく》している様子の高塔。

ひまりの胸が少しズキリと痛む。

おそらく駒村が彼氏だったら、ほぼ間違いなく迎えにきてくれていただろう。

でも残念ながら、そのような関係ではない。

それ以前に、ひまりは客に待ち伏せされたことを駒村に話していなかった。

心配をかけたくなかったし、何よりこれ以上迷惑《めいわく》をかけるわけにはいかないという考えが強かったのだ。

（でも、どうして高塔さんはいきなりそんなことを……？）

沈黙《ちんもく》の中、二人は駅に向かって歩き続ける。

夜になっても街は明るいが、昼間にはあまり見かけない大きな声の人や酔《よ》った人が増えていた。

一人だと少し心細くなっているところだが、隣《となり》に知り合いがいるだけで気持ちは楽になる。

「あの——駒村さん」

高塔が声を発した時は、もう駅前に着いていた。

「はい？」

突然名を呼んだ高塔は足を止める。ひまりもつられて止まった。

「あの、いきなりで悪いんだけどさ……その……」

高塔は照れくさそうに頭を掻《か》きながら言う。

視線は定まらず、とてもソワソワしていた。

「……？」

何だろう、この空気感は。とても落ち着かない。

ひまりもつられてソワソワとしてきてしまった。

高塔は小さく深呼吸をした後、ひまりの目を真《ま》っ直《す》ぐと見据《みす》える。

「好きです。俺の彼女になってください」

「——!?」

ひまりは目を大きくして固まるばかり。

それはひまりにとっては唐突《とうとつ》すぎる告白だった。

好き――。
それはひまりも胸に抱《いだ》いている想《おも》い。
でも、まだ告げていない想い。
そして、目の前の青年とは交わらない想い。
「え……？　あの……どうして？」
真っ先に口から出てきたのは、理由に対する疑問だった。
「一生懸命《いっしょうけんめい》なところが可愛《かわい》い」
「う……あ……」
即答《そくとう》され、ひまりの顔がみるみるうちに赤くなる。
こんなことを異性から正面切って言われたのは初めてだ。
褒《ほ》めてもらえるのは嬉《うれ》しい。
しかし今この瞬間《しゅんかん》でも、ひまりの頭の中に浮《う》かんでくるのは駒村の姿だった。
何を、どう伝えればいいのかわからない。
ただ、高塔の想いに応《こた》えることはできない――という気持ちは間違いなくあって。
でも、どのような言葉にして伝えればいいのかわからなくて。
しばらくひまりは俯《うつむ》いていた。

恋愛《れんあい》を意識していなかった人からの告白は、こんなにもいたたまれない気持ちになってしまうものなのか――。

高塔が自分の手を強く握《にぎ》っているのが視界の端《はし》に見える。

彼がとても緊張《きんちょう》していることがわかってしまって、それがことさら辛《つら》かった。

でも、うやむやにはできない。したくない。それは高塔に失礼だと思った。

ひまりは意を決して顔を上げる。

高塔は平静を装《よそお》いつつも、顔からは緊張が滲《にじ》み出ていた。

「あ、の――」

声が震《ふる》える。

心臓が口から出てしまいそうだ。

それでも、ひまりは止めなかった。

「私、好きな人がいて――だから、その、ごめんなさい……」

丁寧《ていねい》に頭を下げる。

嘘偽《うそいつわ》りのない心だったからこそ、ひまりは誠実に告げた。

雑踏《ざっとう》の音がやけに大きく聞こえる。

それに重なるように、自分の心臓の音も脳内に響《ひび》く。

顔を上げるタイミングがわからなかった。だからひまりはゆっくりと体を起こす。

でも、高塔の顔を見ることはできなかった。


申し訳ない。

優《やさ》しくて良い人だと思うし、決して嫌《きら》いじゃない。

でもごめんなさい。

どうしてこんな私なんかを。

ごめんなさい——。


一瞬の内に、これまで一緒に帰ってきた時のこと、厨房《ちゅうぼう》でやり取りする姿や、彼と交《か》わした他愛《たわい》もない雑談などが頭の中を巡《めぐ》る。

泣きそうになってしまったが、本当に泣きたいのは高塔の方だろう。

だからせめて、腹の底からこみ上げて来る感情だけはグッと我慢《がまん》した。

「あー…………そっか…………」

「はい…………」

「ごめん」

「いえ…………」

沈《しず》んだ雰囲気で向かい合う二人を流し見ながら、次々と駅の中に入って行く人々。

ここにきて、急にひまりは周囲の視線が気になり始めた。

「あの…………それじゃあ…………」

別れ際《ぎわ》の挨拶《あいさつ》をどうすればいいのかわからなかった。

ひまりはもう一度ペコリと頭を下げてから、先に駅の中に入る。

いつもは改札の中まで一緒《いっしょ》に行くのだが、高塔はついてこなかった。

歩きながら、きっと恵蘇口は高塔に告白したんだろうな——ということを察してしまって、さらに胸が痛くなった。

※　※　※

「ひまりの様子がおかしい」

ひまりが風呂《ふろ》に入っている間、テレビドラマを見ながら奏音《かのん》が真剣《しんけん》な声で呟《つぶや》く。

「ん……?」

スマホで今日のニュースを流し見していた俺は、その一言で顔を上げる。

ソファに座る奏音の眉間《みけん》には、皺《しわ》が数本寄っていた。

「おかしいって？」

「いや、今日バイトから帰ってきてから何かおかしいじゃん」

奏音に言われて思い返す。

——が、俺はひまりが帰ってきた時にちょうど風呂に入っていた。

その後は遅《おく》れて夕食を摂《と》るひまりに向けて「おかえり」と一声かけただけ。

ひまりはちょうどその時ご飯をいっぱい頰張《ほおば》っていて、コクコクと無言で頷《うなず》いたのだが——。

俺は、ひまりがおかしいかどうか判断できるほどの情報を得ていなかった。

「俺、帰ってきてからまだひと言しか話してないからな。具体的には？」

「ん～……。そう言われると困るんだけど、何かいつもと雰囲気が違《ちが》うというか……。元気がないというか」

「なるほど……。ひまりが風呂から上がったら、ちょっと注意して見てみる」

「ん」

まぁ、その異変の原因を本人から打ち明けてくるかもしれないし。

そもそも奏音の勘違《かんちが》いかもしれないし。

しかし、そこで俺ははたと思い出す。

奏音の家に一時帰宅をした時、彼女は村雲《むらくも》が室内に入った痕跡《こんせき》を感じ取っていたことを。

奏音の勘が鋭《するど》い方だというのであれば、勘違いという線は薄《うす》くなるかもな……。

と、そこで急に奏音が「ふゎっ……⁉」と小さく声を発した。

奏音は顔を真っ赤にしている。

すぐに理由はわかった。

ドラマがラブシーンに突入《とつにゅう》していたのだ。

キングサイズのベッドに、半裸《はんら》のイケメン俳優と美人女優が座っている。

これまでの話を見ていないので二人がどういう立ち位置なのかはわからないが、何やら悪巧《わるだく》みのような内容を囁《ささや》き合い、お互《たが》いの上半身に手を這《は》わせている。

その手の動きはとても淫靡《いんび》で、次第《しだい》に二人の呼吸も乱れてきて——。

「…………」

「…………」

俺も奏音も、意識的に互いの顔を見ないようにしていた。

これは……気まずい……。

大変に気まずいな……。

子供の時、家族揃《そろ》って居間のテレビで見ていた映画の中で、濃厚《のうこう》なキスシーンが始まってしまった時以来に気まずい……。

——とか考えてたら、まるで俺の思考をなぞるかのように、二人ともベッドに倒《たお》れて濃厚なキスシーンが始まってしまった。

頼《たの》む、これ以上は勘弁《かんべん》してくれ——と願ったその瞬間、場面が暗転し別のシーンへと移る。

決して長いシーンではなく、むしろ短いシーンだったのだが、部屋の空気が一変してしまうには十分すぎて。

そのタイミングで、風呂場のドアが開く音がした。

ひまりが出てきたのだ。

思わずギクリとしてしまい、風呂場がある方へ顔を向けていた。

当然だが、ひまりは着替《きが》えているのですぐには出てこない。

その事実を確認《かくにん》して、なぜか俺は安堵《あんど》していた。

何もやましいことはしていないのに、何だろう、この気分は……。

再びテレビの方を向いたその時、奏音と目が合った。

既《すで》に真っ赤だった奏音の顔は、湯気が出そうなほどさらに赤くなっていた。

そしてドラマはCMに突入。

やけに明るいナレーションの声で微妙《びみょう》に部屋の空気が変わるが、気まずい空気はまだ引きずったままだ。

「あ、あのさ……」

「ん？」

「か、かず兄《にい》は……その……」

奏音はそこで言葉を途切《とぎ》らせる。

CMが変わり、どこかで聞いたことがある優雅《ゆうが》なクラシックが流れ始めた。

その曲が聞こえているのかいないのか。

ちょうど曲の区切りの良いところで、奏音は再び口を開く。

「キ、キスしたことってあるの？」

「――!?」

不意打ちすぎる質問だった。

まさか奏音の口から「キス」という単語が出てくるなんて思ってもいなかったので、激しく動揺《どうよう》してしまう。

なんてことだ。俺はそんな娘《むすめ》に育てた覚えはないぞ？

いや、元々育ててないわ。

と、咄嗟《とっさ》に頭の中で一人ツッコミをしてしまう程度には混乱してしまって。

とにかく落ち着け俺。ここは大人の余裕《よゆう》を見せるところだぞ。

「その、いや……ない……」

大人の余裕はどこに行った？

正直に本当のことを言ってしまったじゃないか。

今さらながら、ここは大人として少々見栄《みえ》を張るべきだったかもしれない。が、既に遅《おそ》い。

「そ、そっか……」

その瞬間《しゅんかん》、奏音の顔がホッとしたように見えたのはたぶん気のせいではない。

「彼女、いたことないの？」

「学生の頃《ころ》は部活一筋だったしな……。働き始めてからもそういう出会いはない」

「友梨《ゆうり》さんは？」

「いや、あいつはただの幼馴染《おさななじ》みだって」

「ふーん……」

奏音は興味がなさそうに返事をするが、やけに嬉《うれ》しそうな顔をしている。

それは決して、この年で色々未経験な俺を馬鹿《ばか》にするようなものではなく。

だから俺は、奏音の胸の内を察してしまった。

この場合もっと自分が鈍感《どんかん》だった方が幸せだったのかもしれないが、残念ながらそうではなかった。

……これは、いかん流れではないか？

俺は彼女の気持ちに応《こた》えられない。

応えてはいけない。

大人だから。

「あ、あのさ。もし——」

「お風呂上がりましたー」

「うひゃうっ⁉」

突然《とつぜん》リビングに現れたひまりに、奏音は肩《かた》を大きく跳《は》ねて驚《おどろ》く。

「はえっ⁉　お、驚かせちゃってごめん」

「う、ううん。大丈夫《だいじょうぶ》だから。じゃあ私、お風呂入ってくる！」

奏音は着替えを手に取り、慌《あわ》てて脱衣《だつい》所に向かう。

バタバタと慌ただしく脱衣所に駆《か》け込んだ奏音を見送ったひまりは、軽く首を傾《かし》げる。

「……？　何かあったんですか？」

「いや、別に……。ドラマで怖《こわ》いシーンを見たからじゃないか？」

俺はひまりに何も悟《さと》られないよう、適当に誤魔化《ごまか》した。

「あ、そうだったんですね。奏音ちゃんて怖いの苦手なんだ」

ひまりの中にある奏音像に、勝手に違う設定を付け足してしまったかもしれない。

まぁ、奏音の家に行った時「幽霊《ゆうれい》か？」と言ったら異様に怖がっていたので、あながち間違いでない気もするのだが。

とにかく、奏音のことは一旦《いったん》置いておこう。

次はひまりだ。

ひまりは濡《ぬ》れた髪《かみ》をタオルで拭《ふ》きながら、ドライヤーのコンセントを挿《さ》す。

俺はテレビを見る振《ふ》りをしながら、横目でひまりの様子を窺《うかが》う。

奏音が言うには、帰ってからひまりの様子がおかしかったというが――。

先ほどの奏音とのやり取りは、いつもと同じような雰囲気《ふんいき》だった。

と思い出している内に、ひまりはドライヤーのスイッチを入れ、髪を乾《かわ》かし始めた。

俺はテレビに視線を移す。

あまりジロジロ見ると怪《あや》しまれてしまうだろうからな。

先ほどまでやっていたドラマはちょうど終わったらしく、今はニュースをやっている。ひまりの方に注意を向けつつ、俺はしばらくテレビを眺《なが》めていた。

ひまりがドライヤーにかける時間は長い。大体十分前後はかかる。

これはひまりだけでなく、奏音もそうなのだが。

髪が長い女性は乾かすのが大変そうだな――と見る度《たび》に思う。

ドライヤーのスイッチを切ったひまりは、櫛《くし》で髪を梳《す》きながらはぁ、とため息を吐《つ》く。

そのため息は、まるで鉛《なまり》のような重たさを感じるものだった。ひまりは今まで、こんなに重たいため息を吐いたことなどない。

これは、確かに――。

「どうした？」

「えっ？」

「そんなに大きなため息を吐くようなことがあったんだろ？」

「い、いや……その……」

ひまりは嘘《うそ》をつくのが下手だな、と思う。

反応がいちいち正直だ。

「……バイト先で何かあった？」

「そっ、それは――」

おもいきって切り込んでみると、ひまりはそこで露骨《ろこつ》に目を逸《そ》らす。

やはり、とてもわかりやすいな……。

人が仕事先のことで悩《なや》む時は、業務内容より人間関係のことが多い。

だから俺はそっち方面に絞《しぼ》って聞いてみることにした。

「嫌《いや》がらせでも受けているとか」

「そ、それは違《ちが》いますよ！　みんな良い人です！」

「じゃあ何が理由だ？」

「うっ――」

ひまりは小さく呻《うめ》いた後、大きく肩を落とす。

「……実は、その……バイトの先輩《せんぱい》に告白されてしまったんです……」

「え？」

さすがにその返答は予想していないものだった。

思考が一瞬フリーズする。

でも確かに、ひまりは客観的に見て可愛《かわい》い方だからな。しかも愛想《あいそ》が良くて人懐《ひとなつ》こいときた。
そう考えると、ひまりが異性に好かれるのは何ら不思議ではない。
「それで浮《う》かない顔をしているってことは、嫌な奴《やつ》なのか？」
「いえ。むしろ優《やさ》しくて良い人です。でも、私は――」
ひまりはそこで顔を上げ、俺の目を見つめる。
そして、沈黙《ちんもく》。
でも、目は逸らさないままで。
ひまりの目は、僅《わず》かに潤《うる》んで揺《ゆ》れていた。
なぜか俺は、その目が綺麗《きれい》だなと思ってしまった。
同時に、彼女の胸の内が読めてしまった。
「私は、駒村さんのことが――」
……ダメだ。いけない。それ以上は言うな。
俺は咄嗟に心の中で願っていた。
言葉に出してしまったら、崩《くず》れてしまう。
この生活が、この三人の関係が、間違いなく崩れてしまう。
波打ち際《ぎわ》に作った砂の城が、ゆっくりと海水に浸食《しんしょく》されていくように。

俺は耐《た》え切れず、ひまりから目を逸らした。

逃《に》げた。

それが今は正しいと思ったから。

しばしの間沈黙が続き——。

そのタイミングで、風呂場《ふろば》のドアが開く音がする。

奏音が風呂から出てきたのだ。

いつもより早い気がするが、そのおかげで助かってしまった。

「ご、ごめんなさい……。あの、何でもないです……」

ひまりは立ち上がると「……絵を、描《か》きます」と小さく呟《つぶや》き、逃げるように俺の部屋に行く。

安堵《あんど》している自分のこの感覚が本当に正しいのか、今はわからなかった。

就寝時間《しゅうしん》になるまで、ひまりは俺の部屋から出てこなかった。

奏音に「ひまりの様子はどうだった？」と聞かれたが、俺は「確かにいつもより元気がないように見えるが、理由はわからない」とだけ答えた。

先ほどのひまりとのやり取りは、なかったことにしたかったのだ。

（——それで本当にいいのか？）
疑問が掠《かす》めていくが、それでいいのだと自分に言い聞かせた。

真っ暗な部屋。
ベッドの中で、俺は何度目になるかわからない寝返《ねがえ》りをした。
なかなか寝付けない。
先ほどのひまりの切なそうな顔が、頭の中を過《よ》ぎっては消えていく。
ダメだ。思い出したらダメだ。何か別のことを考えないと。
考えて、そしていつの間にか意識がなくなっているのがベストなのだが——。
『キスしたことってあるの？』
不意に、奏音の言葉が脳内でリフレインした。
なぜこのタイミングでその言葉を思い出すのか。
人の脳ってわからない。
それでも俺の記憶《きおく》の回路はどんどん広がっていき——。
……確かに、したことはない。
今まで女性と付き合ったことがないから。

ないけど——。

「手は、繋《つな》いだな……」

突然、思い出した。

小学生の時に、友梨と。

それは学校からの帰り道。寒い時期だった。

石を蹴《け》ったり、ジャンケンで勝った時だけ数歩進める——と遊びながら帰っていると、すっかり日が暮れてしまって。

人通りが少なくて暗い道を、二人並んで帰っていた。

さすがにここまで暗くなると、俺と友梨も「ヤバい」ということはわかってしまって。

『暗くなっちゃったね』

沈黙に耐えかねたのか、友梨がポツリと呟く。

『うん』

『お母さんに怒《おこ》られちゃうかな』

『……そうだな』

『やだなぁ……怖いな……』

『……うん』

友梨の言葉につられ、俺は自分が親に怒られる姿を想像して憂鬱《ゆううつ》になった。

しばしの沈黙の後——。

『手、冷たいね……』

突然、友梨が俺の手を握《にぎ》ってきた。

とてもびっくりして恥《は》ずかしかったのだが、俺はその手を振り払《はら》わなかった。

同時に、自分の胸の内にくすぐったい何かが生まれかけたけど、すぐに見ない振りをした。

友梨は怒られることが怖《こわ》いという心を誤魔化《ごまか》したいのだ——と咄嗟《とっさ》に考えた。

そして、確かに俺の手は冷えていた。

友梨の手はもっと冷たかった。

だから、少しでも暖を取るためにこんなことをしたのだと考えた。

でも二十年近く経《た》った今、俺はようやく気付いた。

いや、ようやく目を逸らさずに見られるようになったと言うべきか。

あの時友梨が手を繋いできたのは、怖かったからでも寒かったからでもない。

それは理由付けでしかなくて。

きっと言い訳のようなもので。

友梨は、ただ純粋《じゅんすい》に――。

「…………」

あの日以来、友梨とは手を繋いでいないし、向こうも何も言ってこなかった。

そして、今はどう思っているのか――って、ダメだこれ以上は。

そもそも二十年近く前のことだぞ。今頃考えてどうする。

急に照れくさくなってしまった俺は、頭から布団《ふとん》をかぶって目を閉じた。


今日の空は、一面にうっすらと薄《うす》い雲がかかっている。

少しだけ暗い土曜日の朝。

「それじゃあ、いってきます」

「おう」

俺は玄関《げんかん》で靴《くつ》を履《は》く奏音とひまりを見送っていた。

今日は奏音とひまりだけで街に遊びに行くらしい。

初めての二人きりでの行動だ。

「傘《かさ》は持っていかなくていいのか？」

「んー……。天気予報では30％とか微妙《びみょう》な数字だったし。仮に雨が降ってきたらコンビニで買うよ」

「そうか。くれぐれも気を付けてな」

「はーい」

良い返事を残し、二人は出て行った。

一人残された部屋に訪《おとず》れる静寂《せいじゃく》。

よく考えたら、一人で休日を過ごすのは二人が来てから初めてだ。

久々の一人の時間――。

少し前までは家に一人でいるのが当たり前の生活だったのに、それに違和感《いわかん》を覚えるようになってしまった自分に戸惑《とまど》う。

これは、あまりよくない兆候だ。

今が特殊《とくしゅ》な状況《じょうきょう》なだけで、いずれまた元の生活に戻《もど》る時がくるというのに――。

ヴウウウン。

「うおっ⁉」

突如《とつじょ》思考に割り込んできた、冷蔵庫が発する低い音に思わず肩《かた》を小さく震《ふる》わせてしまった。

いや、冷蔵庫の音でビビるなよ俺。

でも……。

二人が来てから、こんな小さな生活音はまったく気にしていなかったんだよな。

改めて誰《だれ》もいないキッチンとリビングを見ると、いつもより広く感じる。

——って、いかんいかん。センチメンタルになってどうする俺。

それより、今日の昼飯に何を食うか考えないと。

作るのは面倒《めんどう》くさいし……久々にラーメンでも食いにいくか？

二人にお小遣《こづか》いを渡《わた》して少し寂《さび》しくなった財布《さいふ》の中を見つめながら、俺は昼飯の候補にする店をいくつか思い浮《う》かべるのだった。

※　※　※

奏音とひまりは電車に乗り、繁華街《はんかがい》へとやって来ていた。

「うわぁ。凄《すご》い人だなぁ」

あまりの人の多さに、ひまりが感嘆《かんたん》の声を洩《も》らす。

駅前の道は、肩が触《ふ》れそうになるほど多くの人でごった返していた。

ひまりのバイト先もそれなりに利用者が多い駅の近くにあるが、ここほど人が溢《あふ》れてはいない。

「土曜日だしね。迷子にならないように気を付けてよー。ひまり、スマホ持ってないし」

「そ、そうだった……」

ひまりはぶるぶると震えながら奏音にピッタリとくっ付き、しっかりと二の腕《うで》を摑《つか》む。

「いや、そこまでくっ付かれると歩きにくいんだけど」

「で、でも、迷子は嫌《いや》です……」

「わかったわかった。それじゃあこうするから、もうちょい離《はな》れて」

奏音はひまりの手をしっかりと握る。

それまで怯《おび》えていたひまりの顔は、ようやくいつもの顔に戻った。

「それじゃあ行こっか」

「うん」

二人は人の波を縫《ぬ》って歩き出す。

今日はどこに行くかなど、具体的な予定は何も立てていない。

『ひまり！　明日バイトある？』

『えっ!?　休みだけど』

『じゃあ遊びに行こ！　二人で！』

『うん』

と、昨日軽いノリで決めたばかりの無計画なものだ。

もちろん、奏音はひまりと一緒《いっしょ》に遊びたいとう純粋な気持ちから誘《さそ》った。

しかし『純粋でない』ものが混じっているのも事実だ。

ここ最近、奏音の胸の内にモヤモヤとしたものが溜《た》まっていた。

ひまりのことは好きだ。

和輝《かずき》との二人暮らしが不安で仕方なかった奏音にとって、あまりにも良いタイミングで現れたひまりは、天の使いだと思ったほどだ。

全然得体が知れなかったのに、同性というだけで安心感を覚えた初日のことを思い出す。

そう。ひまりのことは好きだ。

むしろ今は大事だ。

いつだって素直《すなお》な反応で、ちょっと天然で、でもいざとなったら物怖《ものお》じしなくて。

そんなひまりのことが好きな奏音でも、一つ不満に思っていることがある。

とことん隠《かく》し事をすることだ。

思えば、未《いま》だにひまりの本名を知らない。

学校のことはおろか、家がある方角さえも知らない。

そして、数日前からひまりの元気がない理由も不明のままだ。

和輝にそれとなく「理由わかった？」と聞いてみたが、静かに首を振《ふ》られただけ。

ひまりと二人で街をぶらぶらとしてみることで、その辺りのことが何かわかるかもしれない――という仄《ほの》かな願望もあったのだ。

二人は大通りに面する商業ビルの中に入る。

ひとまずぶらぶらとウインドウショッピングをしようということになったのだ。

服屋に雑貨屋に喫茶店《きっさてん》にレストランにと一通り揃《そろ》っているので、まず退屈《たいくつ》することはないだろう。

「わ。見て奏音ちゃん。あの服とっても可愛《かわい》い」

「おー、ほんとだ。ひまりに似合いそうだよね」

「えっ、本当？」

「うん。私はあぁいう可愛い系ってあんまし似合わないんだよなぁ」

「そう？　奏音ちゃんも似合いそうだけど」

「無理無理。無理だって」

そんな他愛《たわい》もない会話を交《か》わしながらしばし歩き続けると、紳士《しんし》服《ふく》売り場の前に着いた。

今までの二人なら、気にも留めずに素通りする売り場。

けれど今日は、二人同時にその前で足を止めた。

「見てこのネクタイ。ペンギン柄《がら》だ」

奏音の指が差す前には、可愛らしいペンギンのイラストがいくつもプリントされたネクタイが展示されている。

色も水色にピンクに緑に白と豊富だ。

ブランド物らしく、見た目の緩《ゆる》さとは裏腹になかなか良い値段が表示されている。

「こういうの、駒村さんに似合うかな?」

「あははっ。かず兄には可愛すぎるって」

「でも案外いけたりして」

「これで会社に行ったら総ツッコミ受けるっしょ」

ネクタイの前ではしゃぐ二人だが、不意にひまりの顔に陰《かげ》が差す。

「ひまり、どうしたの?」

「奏音ちゃん、あのね……」

ひまりはそこで一呼吸置く。言葉に出すのを少し躊躇《ためら》っているかのようだった。

奏音は促《うなが》さずただ待つのみ。

やがてひまりは、静かに呟《つぶや》いた。

「私、どうしたらいいのかわからないの……」

「何が？」

「駒村さんのこと……」

瞬間《しゅんかん》、奏音は息を呑《の》む。

まさか、ひまりからこの話題を振ってくるとは思ってもいなかったからだ。

「あのね、私……その……ここまで男の人を好きになったのって、実は初めてで……」

「え、あ――――」

「好き」という単語に、奏音は自分でも驚《おどろ》くほどドキリとしてしまった。

確かにひまりの気持ちには気付いていたけれど、それを言葉でハッキリと聞くのは初めてだった。

改めて言葉に出されると、とても複雑な感情が奏音の中に渦巻《うずま》き始める。

「でも、たぶん私、駒村さんに相手にされていない……。そういうふうに見てもらえてない」

いつか布団の中で心情を洩らした時と、同じことを言うひまり。

それは奏音にも当てはまる。

わかっている。和輝は『保護者』としての立場を一貫《いっかん》して取っている。

それはつらいことだけど、それでも自分の気持ちに嘘《うそ》をつきたくないのもあって——。

ひまりの揺《ゆ》れる瞳《ひとみ》を見つめながら考えていると、さらに彼女は言葉を継《つ》いだ。

「まだ、大人じゃないから……」

力なく笑うひまりの顔は、とても悲しくて苦しそうだった。

そして奏音も苦しくなった。

和輝に直接言われたような錯覚《さっかく》を覚えた。

そしてここ数日、ひまりの元気がなかったのはそのせいだったのかと合点がいった。

自分が風呂《ふろ》に入っていた時に、何か和輝に言われたのだろう。

てっきりバイト先で何かあったのかと思っていたが、ひまりがここまで落ち込むのは家のことか和輝絡《がら》みしかないよな、という考えに至った。

「…………」

しばし二人は無言で見つめ合う。

ひまりも奏音が和輝に抱《いだ》く気持ちには気付いているはずだ。

だからこそ、奏音は何を言えばいいのかわからなかった。

ただ黙《だま》っていると、どんどんマイナスの感情が大きくなってくるのがわかって——。

「あーもう！　やっぱ私こんなん苦手だし！」

突然《とつぜん》奏音は大きな声を出すと、ワシワシと乱暴に頭を掻《か》く。

「え、奏音ちゃん？」

「ひまり！　気分転換《てんかん》に何か甘い物食べよ！　パフェとかパフェとか、パフェとか良いんじゃないかな！」

「どうしてもパフェが食べたいんだね……」

「と、とにかく！　糖分を補給してちょっと落ち着くよ。行こ！」

奏音はひまりの手を取って歩き出す。

手を握《にぎ》る強さは先ほどよりもずっと強い。

その乱暴さは、今のひまりには嬉《うれ》しいものだったのだろう。

彼女が少し笑っていたことに、しかし前を向いていた奏音は気付かなかった。

奏音とひまりの前に、注文したイチゴパフェが置かれる。

逆三角形の細長いグラス容器の中で、白と赤色とピンク色が綺麗《きれい》なコントラストを描《えが》いていた。

「いただきまーす」

奏音はパフェ専用の長いスプーンで、一番上にのっているアイスクリームを豪快《ごうかい》に抉《えぐ》った。

そして大きな塊《かたまり》となったアイスクリームを、躊躇《ちゅうちょ》することなくパクッと一口。

「んっ、つめたーい」

頬《ほお》を押さえる奏音の顔は、この一瞬のために生きていたのだ——と思わせるほど幸せそうだった。

奏音が一口で食べたアイスクリームの大きさにポカンとしていたひまりも、我に返り頬張る。

二人はオープン形式の喫茶店の一角にいた。

休日とあって、席は奏音たちのような若い女性でほとんど埋《う》まっている。

「要するにさ、かず兄は子供には興味ないってことじゃん？」

突然切り出した奏音に、ひまりはピクリと肩《かた》を震《ふる》わせる。

「う、うん……そういうことだよね……」

奏音はウエハースを半分齧《かじ》り——。

「でも高校卒業してちょっとしたら、私らも成人だし？　だから今もそんなに変わらないと思うんだけどな」

その言葉でひまりの瞳孔《どうこう》が開く。

奏音は残りのウエハースにアイスクリームを載《の》せてから、さらにひと齧り。

「そもそも、そんなハッキリくっきりとした『大人』との境目ってない気がするんだよね」

「え？」

「うー……なんて言えばいいのかな。法律的なことじゃなくて、気持ち？　的な？　20になったらいきなりパキッと大人になるかというと、そうではない気がして……って、わかる？」

「んーと……。奏音ちゃんの言いたいこと、大体わかります」

「マジで？」

「はい。例えば、小学生の時、高校生ってすごく大人に見えていたじゃないですか。

でも実際に自分が高校生になってみたら、心は小学生の時とそれほど変わっていないままで……。

なのに『高校生』と呼ばれる存在になったのは事実で。

本当に私は高校生って呼ばれていいのかな、自分の肩書《かたが》きと心のバランスがついていってないいんじゃないかな——というのを感じてたんです。

奏音ちゃんが言いたいのも、そういうことだよね？」

　一気に言い切ったひまりに、しばし奏音はパフェを頬張るのを忘れてポカンとしていたが――。

「そう！　それが言いたかった！　え、ひまりやば……。私の心読んだの？」

「いや、そういうわけじゃないけど……」

「つまり、私とひまりとは通じるものがあるってことだね。うんうん」

　ひまりは奏音の言葉に小さく笑う。

　単純に奏音の言葉が嬉しかったのだ。

（んー……。かず兄は私らが『高校生』だからそういうふうに見ていないだけであって。でも私らが『高校生』じゃなくなった瞬間にいきなりそういう気持ちになるとは、あんまし考えられないし……）

　アイスクリーム部分を食べ尽《つ》くした奏音は、イチゴジャムとムースのゾーンにスプーンを深く入れながら思案する。

「やっぱり、今の内に種まきはしてた方がいいよなぁ～……でもどうすればいいんだろ」

「え？」

　いきなりの奏音の独り言に、ひまりはきょとんとする。

奏音は慌《あわ》てて手をパタパタと振《ふ》ってみせた。

「あ、いや——なんでもない。とにかく、まだ諦《あきら》めるのは早いじゃん？　てこと」

掬《すく》ったイチゴジャムとムースを頰張る奏音。

「うん……そうだよね。私、ちゃんと告白していない。だからまだ、希望は持ってていいんだよね——」

ひまりの頰に少しずつ赤みが差す。

応急処置かもしれないが、ひとまずひまりを元気づけることはできたようだ。

とはいえ、奏音は複雑な気持ちだった。

（普《ふ》通《つう》に考えたら、ひまりは恋《こい》のライバルってことだよね。何で私、こんなことしてんのかな……。自分で自分の気持ちがわかんないよ……）

パフェを食べて自分の気持ちも紛《まぎ》らわせるつもりだったのに、それは上手《うま》くいっていない。

考えるほど胸にザワザワしたものが広がるので、奏音は無心にパフェを食べ続ける。

「奏音ちゃんのよく食べる姿、可愛《かわい》い……」

「ほえ？」

ひまりが食べる倍の速度でパフェがなくなっていることに、奏音は気付かないままだった。

喫茶店《きっさてん》を後にした二人は、上階にあるゲームセンターの中にいた。

様々な音が洪水《こうずい》のように入り乱れる中、二人はクレーンゲームを一つずつ見て回る。

「奏音ちゃん見てこのお菓子《かし》。めちゃくちゃ大きい！」

「え。ほんとに超《ちょう》デカいじゃん。もはやギャグじゃん」

普通より数倍大きいスナック菓子の景品を見て、はしゃいでいた時だった。

「あれ？　奏音じゃん！」

「ほんとだー。やっほー！」

不意に名前を呼ばれ、奏音は勢いよく振り返る。

そこには見知った顔の二人が、仲が良さそうにくっ付いて並んでいた。

「ゆいこにうららじゃん」

突然現れたクラスメイトの二人に奏音は目を丸くする。

ゆいことうららは小さく歓声《かんせい》を上げながら、奏音とひまりに近付いた。

「奏音と学校の外で会うの、なにげに初めてだよねー。もしかして家はこの近く？」

「いや、そーでもない」

「なるほど。今日はちょいと遠出というわけですか。んでそっちの子は？」

二人の視線がひまりに向く。

ひまりはぎこちない笑顔《えがお》で軽くお辞儀《じぎ》をした。

「あ、えーと……この子はひまりっていって——私のいとこだよ。私らと同い年」

「へえー。そうなんだ」

「かわいい！」

「ど、どうも……。ひまりっていいます。はじめまして」

奏音がいきなり付けた『いとこ』設定に、ひまりは素直《すなお》に従うことにした。

その方が深く詮索《せんさく》されずに済むと考えたからだ。

「はじめましてー。ゆいこでーす」

「うららだよ。よろしくねひまりちゃん」

「二人とも重度のジャニオタなんだよ」

奏音の説明に、ひまりは「へえ」と目を見開く。

ジャンルは違《ちが》うが、『オタク』であることにちょっとだけ親近感を抱いたのだ。

「ちなみにひまりちゃんは好きなアイドルとかいる？」

「わ、私は特に……」

「こらこら。うちのひまりをそっちの沼《ぬま》に引きずり込もうとしないでっての」

奏音はひまりを庇《かば》うように肩を抱《だ》く。

ゆいこは「ごめんごめん、つい」とペロッと舌を出した。

「奏音たち、この後何か予定あんの？」

「んー、特に。ぶらぶらしてるだけ」

「そうなんだー。じゃあさー、どうせだし皆《みんな》でプリクラ撮《と》らない？」

奏音とひまりは顔を見合わせる。

ひまりは少しはにかみながらコクリと頷《うなず》いた。どうやら特に抵抗《ていこう》はないらしい。

「うっし。そんじゃ早速《さっそく》いこー！」

「いこいこー！」

やけにテンションの高い二人の後に、奏音とひまりも続くのだった。

プリクラの筐体《きょうたい》が並ぶエリアに着いた四人は、早速中に入り様々なポーズを決めて写真を撮る。

そしてシールが出てきてから、近くに備え付けられた小さな丸テーブルに移動した。

「ひまりちゃん、何で全部手の向きこれなの？」

「あ、それ私も撮ってる時に思った。お気にのポーズ？」

ゆいことうららが、丸テーブルに置いてある鋏《はさみ》でプリクラを切り分けながら尋《たず》ねる。

「えっ？　それは——ネイルが可愛いから、記念に撮っておきたいなぁって。でもさすがに蝶《ちょう》は小さいからわかんないですね」

「もしかして今のネイル気に入ってる？」

「……うん」

奏音が聞くと、ひまりは少し恥《は》ずかしそうに微笑《ほほえ》んだ。

そういえば友梨がマニキュアを持ってきて以降、変えていない気がする。

よく見ると爪《つめ》が少し伸《の》びて、根本の部分に本来の爪の色が見えていた。

「そんなに気に入ってんならまた塗《ぬ》ってあげるけど。シールも友梨さんから貰《もら》ったやつ、まだいっぱいあるし——」

奏音は言葉の途中《とちゅう》でひまりの表情の変化に気付く。

笑っているのに、どこか寂《さび》しそうだった。

「これで家に帰ったら、たぶん怒《おこ》られちゃうから……」

「え？　そうなの？」

「キビシー家なんだね……」

「…………」

奏音は何も言えなかった。

ひまりの学校が、こういうお洒落《しゃれ》を一切《いっさい》禁止しているのかもしれない。

でもひまりが『怒られる』のは、それだけが原因ではない気がした。

ひまりの夢を認めず、道具を勝手に捨てたという両親。

詳《くわ》しい話は聞いていないので、どういう人たちなのかは奏音は知らない。

それでもひまりのこのような顔を見ると、あまり良い感情は抱《いだ》けなかった。

奏音は『自分には両親が揃《そろ》っていない』ということに、どうしようもない虚《むな》しさを抱く時があった。

友達や同級生を羨《うらや》ましく思ったのも、一度や二度ではない。

でも両親が揃っていても、ひまりのように心が満たされていない子供もいることを知った今は、とても複雑な気持ちを抱くのだった。

その後四人はゲームセンターの中を遊んで回った。

エアーホッケーで白熱したバトルを展開し、レーシングゲームでは全員がコースから外れまくるグダグダさで、お腹《なか》が痛くなるほど笑った。

カップ式の自販機《じはんき》でジュースを飲み、一息ついたところで――。

「んじゃ、私ら服を買いに行くからまたね～」

「また～！」

と、ゆいことうららは離脱《りだつ》していった。会った時と同じように、肩《かた》が触《ふ》れそうなほどの距離《きょり》を保ちながら。

再び二人きりになった奏音とひまりは、通路の真ん中に等間隔《とうかんかく》で並んでいるベンチに座る。

「ひまり、いきなりうちの友達がごめんね」

「ううん。凄《すご》く楽しかったよ。それにしても、あの二人凄く仲が良いんだね。常にくっ付いてた」

「あぁ、まぁね。いつもあんな感じだよ」

「そうなんだ。……実は私、プリクラを撮るの初めてだったんだ」

ひまりは鞄《かばん》の中からプリクラを取り出し、切り分けられたそれらを嬉《うれ》しそうに眺《なが》める。

奏音もつられて笑顔になった。

「そっか……。それなら良かった」

ゆいこもうららも『陽』の気を常に放っているタイプなので奏音は少々不安だったが、

ひまりが特に抵抗なく受け入れていたことに安堵《あんど》する。

「ひまりはさ……」

「ん?」

「あ、いや――」

和輝のこと、ひまりの家のこと、ひまりの学校や友達のこと、これからのこと――。

聞きたいことや言いたいことはたくさんあるはずなのに、奏音は上手く言葉にまとめられなかった。

その奏音を見てひまりは何か感じるものがあったのだろう。

ぽつり、と言葉を零《こぼ》す。

「……実は私、ちょっとバイトに行くのが怖《こわ》くなっちゃってて……」

「え――? どうしたの? まさか嫌《いや》がらせとか――」

「ううん、そういうのじゃないよ。でも……今日奏音ちゃんとこうやってお出かけして元気出た」

「本当? 本当に大丈夫《だいじょうぶ》?」

「大丈夫だよ。ありがとね奏音ちゃん」

「そっか……」

相変わらず何があったのか詳しいことは教えてくれないけれど、それでもひまりからそのように言ってもらえたことは嬉しかった。

「あのさ、ひまり……また、遊びにこようね」

「うん！　またバイトが休みの日に」

朗《ほが》らかに笑うひまりを見て、今日は来て良かったなと心から奏音は思った。

帰ろうとしたところで、雨がパラパラと降っていることに気付く。

二人はビルの入り口で空を仰《あお》いだ。

「降水確率30％だったのに……」

「そこのコンビニで傘《かさ》買おっか」

「そうだね……」

商業ビルを出た二人は「濡《ぬ》れるー！」「あはは！」とテンション高めに隣《となり》のコンビニまで走る。

そして傘を一本だけ買った後、二人一緒《いっしょ》に中に入った。

「ひまり、もうちょいこっちきなよ」

「でも奏音ちゃんの肩が濡れちゃいます」

「それはひまりも同じじゃん」

「じゃあ、ギューッと詰《つ》めましょう」

二人は寄り添《そ》いながら、片方の肩を濡らして歩いていく。

不意にひまりがふふっと噴《ふ》き出したので、奏音は首を傾《かし》げた。

「私たちも、さっきのゆいこちゃんとうららちゃんみたいにくっ付いてるね」

「……うん」

奏音は小さく笑みを作ると、傘の柄《え》を持つ手に力を込《こ》めるのだった。

※　※　※

第9話　飲み会と俺

辞令による転勤や異動というのは悪しき習慣《あ》だ——と個人的には思う。その土地で働きたいと思って就職したのに、いきなり別の場所に飛ばされてしまうわけだ。

しかも、従業員の方から変更《へんこう》や取り消しを求めることはできない。いくら栄転といっても、心理的にはやはり負担だ。

今回その辞令の餌食《えじき》となってしまった人は六人。経理部の中から一人、そして営業部の中からも一人選ばれてしまった。

そして経理部と営業部合同で送別会をすることになったという。何でも部長同士が仲が良くて、トントン拍子《びょうし》でそういう話になったらしい。そのことを佐千原《さちはら》さんから聞いたのは、昼休みの食堂でのことだった。

それから数日が過ぎた朝——。

「今日は俺、晩ご飯いらないから」

朝食を食べている時、俺は奏音《かのん》に向けて切り出す。

ちなみに今日は珍《めずら》しく、朝から焼き魚と味噌汁《みそしる》だ。

「昨日寝《ね》る前に言ってたよね。忘れてないよ。送別会でしょ?」

「ああ。念のためもう一度言っておこうかと」

何しろ、二人が家に来てから飲み会があるのは初めてだ。

そういうわけで、ちょっとだけ俺はソワソワしていた。

今の会話が夫婦《ふうふ》みたいだ——と思ってしまったからではない。あぁ決して。

「何時頃《ごろ》帰る予定ですか?」

ひまりの問いに俺は困ってしまう。

何せ明確な終了《しゅうりょう》時間が決まっていない。

今回は送別会だから、二次会があるのは確実だし。

「わからん……。ただ終電までには戻《もど》ってくる。先に寝てていいからな」

……だから、この会話も夫婦みたいだな——とかいちいち考えるな俺。

「そうですか……。わかりました。気を付けて帰ってくださいね」

「お、おう」

何だろうこの罪悪感は。

二人を置いて飲み会に行くことに、こんなに後ろめたい気持ちを抱いてしまうなんて。

落ち着け俺。職場の付き合いだ。二人には関係のないことじゃないか。

……まぁ、あまり遅《おそ》くならないようにはしよう。

今日の仕事は特にトラブルもなく終わらせることができた。いつもより部署内の空気はソワソワしていたけど。

特別仲が良かったわけではないが、やはり一緒に働いていた人がいなくなるというのは少し寂しいものだ。

そんなちょっとしんみりとした空気を背負いながら、俺たちは駅近くの居酒屋に移動した。

経理部と営業部の合同開催《かいさい》ということで結構な人数だ。

掘《ほ》りごたつ式の貸し切り部屋はなかなかに広いが、全員が座るとみっちり感が凄い。

まあ、女性より男の方が多いからな。

この店は二時間入れ替《か》え制らしいのでダラダラと続く心配がない。そこは助かる。終電より前には帰れそうだ。

「駒村《こまむら》さんに磯部《いそべ》さん。お疲《つか》れ様です」

隣に座ったのは佐千原さんだ。俺は軽く会釈《えしゃく》をする。

彼女は数秒の間、俺の顔をマジマジと見つめてきた。

……何だ？　今の短い間に、俺は変な態度をしてしまったのか？

原因がわからなく戸惑《とまど》っていたところで、磯部が俺の前に身を乗り出す。

「佐千原さんお疲れっす」

磯部も挨拶《あいさつ》を交《か》わしたところで、メニュー表が回ってきた。

ドリンクを選べということらしい。

選ぶのも面倒《めんどう》くさいから、無難に生ビールでいいか。

いつも家では発泡酒《はっぽうしゅ》だしな。

乾杯《かんぱい》用のファーストドリンクを全員が素早《すばや》く決め、待つこと数分。

お盆《ぼん》に大量のドリンクを持った店員が現れると、雑談で緩《ゆる》やかな雰囲気《ふんいき》だったのが一気に『飲み会の空気』に変貌《へんぼう》した。

「えー、それではこの度《たび》異動することになった、営業部の一橋《いちはし》君と経理部の千条《せんじょう》君から挨拶を――」

営業部の部長が声を上げ、送別会は始まった。

それなりに飲んでそれなりに食べ、滞《とどこお》りなく二次会までを終え、俺は離脱《りだつ》した。

抜《ぬ》ける機会を密《ひそ》かに狙《ねら》っていたのか、ついでとばかりに磯部と佐千原さんも一緒に抜けた。

三次会に行く希望者が結構残っていることに驚《おどろ》いた。

明日は休日じゃないってのに、みんな元気だな。

「磯部も佐千原さんも、三次会は良かったのか？」

「いやぁ、仕事の付き合いの飲みは二次会までだわ。上司もいるのにそれ以上は楽しめそうにないって」

「私も磯部さんに同じくです」

「やっぱそういうもんっすよね。気を遣《つか》わなくていい人間の集まりでないとなぁ——って、どうせならこの三人でどっか行く？」

「いや、俺は眠《ねむ》たいから帰る」

「私も今日は……」

磯部の『気を遣わなくて良い人間』の中に俺が入っているのはちょっとだけ嬉《うれ》しいが、やはり奏音とひまりが家で待ってるからな……。

「そうか……」

「ま、また別の機会に行きましょう。是非《ぜひ》！」

あからさまにしょんぼりする磯部に取り繕《つくろ》う佐千原さん。

磯部は片手を上げて「あ、試《ため》しに言ってみただけなんで大丈夫っす……」と力なく答える。

いや、だからすまんって。

「いやぁ～……俺本当にショックだわ～……。まさか一橋が異動とかさぁ……」

駅へと向かう途中《とちゅう》で、磯部が深いため息を吐《つ》く。

正直、今ので同じセリフを聞いたのは四度目だったりする。

磯部はかなり飲んだのか、酔《よ》っているらしかった。

「結構仲が良かったんだな」

部署が違《ちが》うので、俺は件《くだん》の人とは会話を交わしたことがない。

知らない人に自分から声を掛《か》けにいくような積極性は持ち合わせてないし。

ひまりの時は——あれは本当に勇気を振《ふ》り絞《しぼ》っただけだ。状況《じょうきょう》が状況だったし。

「今まであいつが中心になって合コンのセッティングしてくれたのに……。俺はこれから誰《だれ》に合コンを頼《たの》めばいいいんだ……」

「そっちの心配かよ」

「なぁ駒村。誰か紹介《しょうかい》してくれよー……。お前の彼女に頼んでもらっていい？」

「だから！　俺に彼女はいないっての！」

未《いま》だに俺に彼女ができたと信じて疑っていないのか磯部は。

奏音とひまりの影響《えいきょう》が、自分にそこまで出てしまっているということだろうが――。

いかんせん、自分ではどうにも自覚しづらい。

困ったな……。二人の存在だけは誤魔化《ごまか》していかないと。

磯部の場合、女子高生でも構わないとか言い出しそうだし――。

同僚《どうりょう》のモラルを疑ってしまうのは悪いと思うのだが、他人がどういう趣味《しゅみ》を持っているかなんてわからないしな……。

そこでふと視線を感じる。

佐千原さんが、また俺の顔をジッと見つめていた。

「あの……俺の顔に何か付いてますか？」

送別会が始まる前も見られていたので、不安になってしまった。

「あ、ごめんなさい。そういうわけじゃなくて――。駒村さん、早く帰りたそうな顔をしているなと思って」

「――え？」

思いもよらない言葉だった。

「帰りたそう……ですか？」

「はい。送別会が始まる前も、何だかそんな雰囲気が滲《にじ》み出ていました」

「………」

確かに今日は早く帰れそうで助かるとは思ったが——まさかそれが顔に出ていたなんて。

「あ、別に駒村さんがわかりやすい顔をしていたわけではなくてですね⁉　なんとなくそういうの、雰囲気でわかっちゃうんですよ私」

営業部は超能力者《ちょうのうりょくしゃ》育成部署だったっけ？

佐千原さんの告白に、ちょっとだけ戦《おのの》いてしまった。

「いや、でも本当に彼女はいないですから。磯部の言うことを真に受けないでください」

「ふふっ。そういうことにしておきます」

そして半目で俺を見てくる磯部。だから勘《かん》ぐるのはやめろ。

とか考えている内に駅に着いてしまった。

俺と磯部はホームが逆なのだが——。

「佐千原さんは？」

「私は1番線です」

「あ、じゃあ俺と同じっすね」

赤ら顔の磯部がへにゃりと笑う。まるで少年のような無邪気《むじゃき》な笑顔《えがお》を見た佐千原さんが「う……」と軽く呻《うめ》いた。

……まぁ、今のは確かに可愛《かわい》かったというか、俺もちょっと心動かされてしまったけど。てか、男に可愛いと思うってどうなんだ。

しかし磯部……本当に大丈夫《だいじょうぶ》か？

今さらながらちゃんと家に帰れるか心配になってきた。

「すみません佐千原さん。こいつをよろしくお願いします」

「はい。駅のホームから転落しないように、ちゃんと見張ってますね」

「こいつが何かセクハラ発言したら殴《なぐ》っていいですから」

「お前……。俺をどんな目で見てるんだ⁉　さすがに俺もそんなこと言わねーってば」

「ふふっ、大丈夫ですよ駒村さん。磯部さんがそんな人じゃないのは私もよくわかってますから」

「…………だそうだ」

「だから言わないっつーの！」

そんな俺と磯部のやり取りを見て佐千原さんはひとしきり笑った後――。

「それじゃあ――」

「また明日なー」

軽く手を振り、二人はホームの階段を上っていく。

俺は二人とは反対方向へ歩きだす。

時計を見ると23時を少し過ぎたところだった。

奏音とひまり、もう寝《ね》る準備に入っているかな。それとも奏音はドラマを見ているだろうか。

――と、隙《すき》あらば二人のことを考えてしまう自分に気付き、思わず内心で苦笑《くしょう》してしまった。

佐千原さんに指摘《してき》された時はドキッとしてしまったが、俺は本当にわかりやすいのかもしれないな……。

頬《ほお》のあたりに熱を感じながら、俺は電車が到着《とうちゃく》するのを待つ。

今日はそれほど飲んでいないはずなんだけどな。

第10話　告白と俺

※　※　※

授業と掃除《そうじ》を終えた奏音《かのん》は、頬杖《ほおづえ》をつきぼんやりと窓の外を眺《なが》めていた。

今日のＨＲの時間も文化祭の準備を進めていたのだが、ここにきて「もう一つくらいメニュー増やしたいよね」という話が出てきたのだ。

確かにドリンクは豊富だが、食べる物がシフォンケーキだけというのはちょっと寂《さび》しいな、と奏音も思う。

とはいえ、他《ほか》に何を提供するのか。

男子からは「カレー」という声が多く上がったが、それは他のクラスが露店《ろてん》で出すので却下《きゃっか》となった。

喫茶店《きっさてん》の食べ物といえばやっぱパフェかな、と奏音は思ったのだが、作る手間やコストを考えると到底《とうてい》無理だろう。

結局、案はまとまらないまま持ち越《こ》しになってしまった。

そこでふと、奏音の脳裏《のうり》に浮《う》かぶのはひまりのバイト先である『メイド喫茶』という単語。

(もしかしたら何かヒントが貰《もら》えるかも……。かず兄《にい》に言ったら付いてきてくれるかな?)

『喫茶』という単語が付いているくらいだから、メニューは普通《ふつう》の喫茶店とそう変わりないだろう。

考えたら、急にウズウズしてきてしまった。

文化祭に対してここまでやる気になるのは初めてだ。でも、そんな自分が不思議と嫌《いや》ではなかった。

(今日はまっすぐ帰らずに、かず兄の会社に寄って相談してみよっかな——)

和輝《かずき》の会社の場所は以前聞いたことがあるので、スマホの地図アプリを見れば行けるだろう。

駅で和輝を待っておくのではなく、無性《むしょう》に会社まで出向きたい気持ちに駆《か》られる。

会社の前に奏音がいたら、和輝はどんな顔をするのだろうというイタズラ心と、何より『和輝と少しでも長い時間二人きりになりたい』と思っている自分の心に気付き——急に気恥《きは》ずかしくなった奏音は、机の上に置いていた鞄《かばん》にバフッと顔を埋《うず》めた。

（うぅ、いかんいかん。冷静にならなきゃ。とにかく、まずはかず兄の会社までどうやって行くのか調べないと）

奏音は頬を赤くしたまま鞄からスマホを取り出す。しかし地図アプリを出す前に、いつもの癖《くせ》でＳＮＳを開いてしまった。

「――――!?」

『その画面』を見たまま、奏音はしばし石像のように固まってしまったのだった。

※　※　※

今日は定時で仕事を終えた。そのまま流れるように会社を出ると、友梨《ゆうり》が外で待っていた。

この光景も数回目になる今はすっかり慣れてしまった。

とはいえ、磯部《いそべ》や他の経理部の人にはあまり見られたくないなというのはある。彼女と勘違《かんちが》いされそうだし。

それはともかく、また二人のために差し入れを持ってきてくれたのだろう。それは単純に助かる。

「かずき君。お疲《つか》れ様ー」

予想通り、友梨の手にはお洒落《しゃれ》な紙袋《かみぶくろ》が握《にぎ》られていた。

が、俺はその友梨にどこか違和感《いわかん》を覚える。

「今日はマフィンを買ってきたよぉ。とても美味《おい》しそうな匂《にお》いにつられちゃったぁ」

いつもより間延びした声。いつもよりほのかに赤い頰。そしていつもの比ではないくらいふにゃっとした笑顔。

これはもしかして――。

「友梨……もしかして酔《よ》ってる……のか？」

「あ、わかるー？　そうなのー。実はね、この間受けた一次面接に合格したってメールが来たんだぁ。それを店長に話したら、バイトが終わってから自分用のワインを奢《おご》ってくれたの。ふふっ。まだ二次もあるのに、店長ったら気が早いよねぇ。これで次落ちたらちょっとどころかかなり悲しいじゃん」

それで酔ってるのか。

友梨は現在喫茶店でバイトをしているが、その傍《かたわ》らで就職活動もしていた。

元々いた会社が倒産《とうさん》してからすぐに転職活動は始めていたみたいだが、なかなか希望に合う所が見つからなかったらしい。

で、ちょっと心が折れかけていたのと、ひとまず少額でも良いからすぐにお金が欲《ほ》しいという理由から、今の喫茶店でのバイトを始めたようだ。

「次も上手《うま》くいくといいな」

「うん、ありがとー。目指せ就職ー」

友梨はまたふにゃっと笑いながら答える。

明るい時間から酔っぱらうのも楽しそうだな。二人が来てから昼間から酒を飲むのは控《ひか》えてたので、ちょっとだけ羨《うらや》ましく思ってしまった。

どちらともなく俺たちは駅に向けて歩き出す。歩きながら、友梨が俺の顔をジッと見つめてくることに気付いた。

「な、何だ?」

「かずき君って、やっぱり変わったよねー」

「変わった……?」

「うん。奏音ちゃんとひまりちゃんと暮らし始めてからー」

露骨《ろこつ》に目を細めながら言われてしまった。

「そ、そうか?」

「そうだよぉ。何か前より身だしなみがピシッとなったし、それに……」

「それに？」

「お店にほとんど来なくなった……」

友梨は少し憂《うれ》いを帯びた顔で下を向く。

なぜか罪悪感という棘《とげ》が発生し、俺の胸をチクリと突《つ》いた。

「前にも言ったけど、それは節約をしないといけないからで――」

「うん、わかってる。わかってるよぉ。でもやっぱり寂しいな……」

「え………」

俺は戸惑《とまど》ってしまう。

素直《すなお》に嬉《うれ》しいという気持ちと、照れ臭《くさ》いという気持ちと、少し申し訳ないなという気持ちと――。

それにしても、酔った友梨は何だかとても素直だな……。いや、決して普段が素直じゃないというわけではなくて。

そういえば友梨と一緒《いっしょ》に飲み屋に行ったことがなかったな――と、少し頬を膨《ふく》らませているる友梨の横顔を見ながら思ったのだった。

とある路地を曲がったところで、急に友梨が立ち止まった。

「友梨？」

俺が数歩進んでも、友梨は後ろに視線を送ったまま動かない。

「突然《とつぜん》どうした？」

「あ、ごめん。猫《ねこ》が通り過ぎていくのが見えたから、つい」

友梨は笑顔で言うと小走りで俺に追いつく。

俺も友梨が見ていた方向を見てみるが、既《すで》にその猫の姿はない。

野良猫《のらねこ》だろうか。まぁ、つい見てしまう気持ちは俺もわかる。

そのまま歩き続けると、子供のはしゃぐ声が聞こえてきた。

会社のビルは大通りから少し中に入った道沿いにあるので、マンションも結構立ち並んでいる。

そのマンションの一棟《むね》に併設《へいせつ》された小さな公園で、小学生くらいの男の子たちが走り回っていた。

その中の二人に、俺は咄嗟《とっさ》に目を奪《うば》われる。

二人は白い道着を着ていたのだ。

「あれは柔道《じゅうどう》かな。空手かなぁ」

気付いた友梨がポツリと洩《も》らす。

「道着を見ただけではわからんな」

一人は白帯、もう一人は黄色帯だ。

二人は始めてからまだそこまで経《た》っていない——わかるのはそれだけだ。

習い事の帰りに遊んでいるのだろうか。

『汚《よご》れるから道着のまま遊びに行くのはやめなさい！』と母親に怒《おこ》られていた小学生の時のことを思い出し、口の端《はし》が上がる。

あの二人もきっと、今は向上心を溢《あふ》れさせ稽古《けいこ》に励《はげ》んでいるのだろう。

「頑張《がんば》って欲しいな」

小さく呟《つぶや》いた瞬間《しゅんかん》、胸にチクリと刺《さ》さるような痛みを感じた。

「俺はダメだったから」

「かずき君……」

思わず自虐《じぎゃく》してしまった。

ずっと胸に抱《かか》えてきた想《おも》いを、初めて外に出したかもしれない。

そう、俺はダメだった。

たくさん稽古をして、練習して、耐《た》えて、希望を持って——。

それでも特別な人間になれなかった。

俺は、元々『持ってない』人間だということがわかってしまった。

本来なら武道を通して、精神も鍛《きた》えるものなのだろう。

俺はそれすらもダメだった。

簡単に折れてしまった。

それに柔道が本当に好きだったのなら、自分の限界がわかっても続けていたはずだ。

しばらくの間、アスファルトに二人の靴音《くつおと》だけが響《ひび》く。

俺は言葉に出してしまったことを悔《く》やんだ。

友梨がどういう反応をすればいいのか、困惑《こんわく》している空気が伝わってきたから。

「すまん。もう昔のことだしな」

「……私は知ってるよ」

突然《とつぜん》友梨は立ち止まる。

「え？」

意味不明なことを言われ、反射的に俺は目を丸くしてしまった。

「何を——」

「かずき君がどれだけ頑張っていたか、本気だったのか、私は知ってるもん」

俺の目を見つめてくる友梨の顔は、さっきまでのふにゃっとしたものとは違《ちが》い、とても真剣《しんけん》で——。

なぜか、彼女に見つめられて俺は胸が少し苦しくなった。

稽古に行く時、玄関《げんかん》を出たら外で遊んでいた友梨と目が合った。

そして「いってらっしゃい」と手を振《ふ》って見送ってくれていた姿を思い出す。

それに試合がある時は、彼女のお兄さんと共にわざわざ見に来てくれていたのだ。

「ずっと、見てたから……」

そう言った直後、友梨の目から一筋の涙《なみだ》が落ちる。

俺は焦《あせ》った。

どうして今、友梨が泣くのかわからなかった。

友梨は酔うと泣き上戸《じょうご》になるのか？　そうとしても、何が原因だ？

「えっと、友梨……？」

指で涙を拭《ぬぐ》いながら友梨は続ける。

「かずき君はダメなんかじゃないよ。ダメだったなんて言わないで！　かずき君がダメなら、私はもっとダメになっちゃうもん……」

俺は益々《ますます》わからなくなった。

彼女の言葉が理解できない。

数字と違って、全然明確じゃない。

友梨の目から零《こぼ》れ落ちる涙は止まらない。

それでもその潤《うる》んだ瞳《ひとみ》で、友梨は真《ま》っ直《す》ぐと俺の目を見据《みす》える。

「私には、かずき君のように打ち込めるようなことがなかったんだよ。一生懸命《いっしょうけんめい》になれる『なにか』がなかった。本当に、何も。だから、柔道を一生懸命やっているかずき君が羨ましかったたし――」

友梨はそこで洟《はな》を啜《すす》ってから、さらに続ける。

「カッコイイって思ってた」

思いもよらない言葉だった。

まさか友梨がそんなふうに思ってくれていたなんて、本当に知らなかった。

「その……ありが――」

「好き」

俺の言葉を遮《さえぎ》り、友梨は力強く言った。

時が止まったように感じた。

風が吹《ふ》き、友梨の髪《かみ》が無造作に舞《ま》い上がる。

「――え」

「ずっと、好きだった……かずき君のこと。二人より、ずっと先に」

二回目の『好き』は、声が震《ふる》えていた。

俺は頭の中も心も、白紙に近い状態だった。

何を言えばいいのかまったくわからなかった。

それは、俺にとって本当に青天《せいてん》の霹靂《へきれき》で——。

「友梨………」

「……ごめん。今日は行くのやめとくね。まだ、酔《よ》ってるし」

友梨は俯《うつむ》いたまま、持っていた紙袋《かみぶくろ》を俺に押し付ける。

「……いきなりごめんね」

そして消え入りそうな声で囁《ささや》いてから、駅の改札へと走って行く。

俺はしばしその場で立ち尽《つ》くしていた。

自分の中に渦《うず》巻《ま》き始めたこの感情が何なのか——。

情けないことに、今は全くわからない。

速度を上げた心臓の音だけが、頭の中に響いていた。

※　※　※

奏音は一心不乱に走っていた。

心臓がとても速く脈打っていることが嫌《いや》というほどわかる。息苦しい。

でもそれは、走っていることだけが原因ではなくて——。


学校を終えた奏音は、突発《とっぱつ》的な衝動《しょうどう》に従って和輝の会社の前まで来ていた。しかし、和輝と合流はしなかった。

奏音が着いた時、ちょうど和輝と友梨が並んで歩き出すところだったからだ。

（なんで、今日に限って——）

二人が一緒にいる姿を見て、今まで感じたことがないほど胸が苦しくなった。

いつもの奏音なら、気にせず二人に話しかけていただろう。できていたはずだ。

でも、今日は無理だった。

学校を出た時は『和輝と二人きりになれる』と舞い上がっていたのに、それが叶《かな》わなかったから。

友梨の笑顔《えがお》がいつもより柔《やわ》らかくて、大人なのに可愛《かわい》くて、それでいて色気があるのを見てしまったから。

奏音の心の中に激しい焦りと、そしてどうしようもない劣等《れっとう》感が生まれる。大人と子供の違いを見せつけられた気がして。

それでも、奏音はまだその場から立ち去ることはできなかった。

二人がどのような会話をしているのか、とても気になってしまう。

奏音は二人の後をそっと尾《つ》けて歩き——。

そして唐突《とうとつ》に振り返った友梨に気付き、慌《あわ》てて路上に止まっていた宅配トラックの陰《かげ》に隠《かく》れる。

身を潜《ひそ》めながら、奏音の心臓はさらにバクバクと鳴っていた。

一瞬、友梨と目が合ってしまったのだ。

勘違《かんちが》いかもしれない。向こうは自分のことを認識《にんしき》していないかもしれない。

でも、やっぱり気付かれたかもしれない。

（もう尾いて行くのはやめようかな——）

でも『二人が気になる』という心は依然《いぜん》として大きい。何を話しているのか、やはりどうしても気になってしまう。

奏音は一度深呼吸をしてから、再度尾行《びこう》することを決めた。

二人が公園の前を通りかかった時、奏音は「今がチャンスだ」と公園の中を突《つ》っ切って距離《きょり》を縮める。

銀杏《いちょう》の木に身を隠しながら、慎重《しんちょう》に二人に接近して――。

そして、聞いてしまった。

友梨の告白を。

彼女がずっと昔から抱《いだ》いていた想《おも》いを。

それを聞いた瞬間、腹の底に氷を詰《つ》め込まれたような冷えた感覚が奏音を襲《おそ》った。

気付いたら奏音は、公園を抜《ぬ》けて疾走《しっそう》していた。

奏音はがむしゃらに走っていた。

よくわからないが、とにかく和輝より先に帰らなきゃ――という思いが頭の中を支配していた。

だから和輝より早く駅に着かないといけない。

先に家に帰って、いつも通りに、何事もなかったかのように和輝を出迎《でむか》えなければならない――。

そう考えたら、なぜか目の端《はし》がじわりと熱くなってしまった。

大きな通りに出た奏音は、人の波を縫《ぬ》いながら走り続ける。

すぐに案内標識を見つけたので駅まで迷うことはなかった。

奏音は電車に駆《か》け込むと同時に、膝《ひざ》に手をついて激しい呼吸を繰《く》り返す。周囲の人の目が奏音に注がれるが、今は気付かない振りをした。

本気で走りすぎたのか、喉《のど》から血のような味がせり上がってきて口の中いっぱいに広がる。

その味はとても不快で、早く消えてほしかった。

※　※　※

「あ、おかえりなさい駒村《こまむら》さん」

「……おかえり」

いつものように帰宅した俺に声をかけてくれる二人。

『ずっと、好きだった……かずき君のこと。二人より、ずっと先に』

その瞬間《しゅんかん》、友梨の言葉が一瞬頭を掠《かす》めていく。

だから俺は二人に返事をすることができなかった。

……が、今はそれについて考えたらいかんな。正直キャパオーバーだ。俺は軽く頭《かぶり》を振って友梨の残像をかき消す。

「これ、友梨から」

ひとまず貰《もら》った紙袋をテーブルに置いた。

「あ、友梨さんに会ったんですね。中身は何だろう？」

「マフィンて言ってたな」

「わぁ！　楽しみです！」

「……そっか」

ひまりが目を輝《かがや》かせる一方、奏音の反応が薄《うす》い。

いつもなら真っ先に飛びつくはずなのに、どうしたのだろう。奏音も文化祭の準備で疲《つか》れているのかもな。

「ん、待って。下にも何かありますよ」

ひまりはマフィンの入った箱とは別の白い箱を紙袋から取り出す。

「これは——タオル？」

「バスタオルだね。かわいー！」

クルリと丸まった色違いのバスタオルが三枚、箱の中に並んでいた。小さな羊の絵がたくさんプリントされている。

確かにこういう生活用品は地味だがありがたい。二人と暮らし始めてから、タオルの使用枚数も増えたしな。

「色が違うから専用にできるね……。駒村さんは青でいいですか？」

俺は無言のまま頷《うなず》く。

「奏音ちゃんは？」

「私はベージュがいい」

「じゃあ私はピンクですね。今日のお風呂《ふろ》上《あ》がりから早速《さっそく》使いたいな」

タオルを頬《ほお》に当て、ふわふわを堪能《たんのう》しながら言うひまり。

「コラコラ。新品は一度洗ってからじゃないと」

「ん？　そういうものなの？」

「そういうものなの。でないと吸水性が悪いままだよ。糊《のり》が付いてるからね」

「そうなんだ……」

きょとんとするひまりに頷きながら答える奏音。

こういうところで奏音の生活力の高さを感じてしまう。

「てわけで、明日の洗濯《せんたく》の時によろしく。あ、柔軟剤《じゅうなんざい》は入れなくていいよ」

「うん、わかった」

二人の会話を聞きながら俺は洗面所に向かう。

「すまん、先に風呂入っていいか？　ちょっと今日は疲れた」

「あ、はい。わかりました……」

ひまりは面食《めんく》らった顔で答える。奏音は無言だが露骨《ろこつ》に眉《まゆ》が下がる。

いつもと違う雰囲気《ふんいき》が出てしまっているかもしれない。

でもそれを取り繕《つくろ》う余裕《よゆう》がないので、俺は黙《だま》って洗面所の扉《とびら》を閉めた。


「はぁ……」

湯船の中に浸《つ》かりながら、俺は濡《ぬ》れた手で何度も顔を擦《こす》る。

友梨と別れてから、頭も心もずっと落ち着かない。

俺は人の気持ちに鈍感《どんかん》な方ではない――と思っていた。

事実、奏音とひまりが俺に抱く感情は察している。

でも、まさか友梨までとは――。

そこで思い出す。昔、手を繋《つな》いだ時のことを。

確かにあれは好意ゆえの行動だったのかな？　とは思う。

でも俺は、二十年経《た》った今も友梨がそのように思ってくれているとは気が付かなくて——。

……………気が付かなかった……？

ふと自分の思考に違和感《いわかん》を覚える。

「いや、違う……かも……」

本当はわかっていたのかもしれない。でも無意識に気付かないようにしていた。心にフィルターをかけていた。

きっと『幼馴染み《おさななじ》』という言葉にくるまれた安心感を、盲目的《もうもくてき》に信じていたのだ。

しかし、『好き』、か…………。

突然訪れた《とつぜんおとず》自分のモテ期を嬉《うれ》しく思う反面、単純に喜べない自分がいる。

友梨に対して俺はどう返事をすればいいのか——本当にわからない。

「だって……二十年だぞ」

つい口に出してしまうほどの年数だ。

それに幼馴染みとはいえ、友梨とは常に一緒《いっしょ》にいたわけではない。

距離ができた時期もある。

俺の方もそういう意識をした時期も――昔は確かにあった。
でも、今さら――。
俺にとって友梨は、もう家族のような存在になってしまって――。
時間というのは残酷《ざんこく》だ。昔確かに抱いていた感情は、既《すで》に変質してしまっていた。
『かずき君がどれだけ頑張《がんば》っていたか、本気だったのか、私は知ってるもん』
『ずっと、見てたから……』
友梨の声が頭の中で再生される。
この言葉は本当に、素直《すなお》に嬉しかった。
でも――。
これから俺は友梨にどう接すればいいのだろう。
しばらく湯船の中で考えたが、結局答えは出てこなかった。
風呂から上がると、テーブルの上には既に夕食が並んでいた。
今日は肉と野菜の炒《いた》め物と、中華《ちゅうか》スープとサラダだ。
「遅《おそ》かったね。ちょっと寝《ね》てた？」
「あぁ、まぁ……」

「ふーん……」

奏音はあまり興味なさそうな返事をすると、冷蔵庫から発泡酒《はっぽうしゅ》を取り出してテーブルに置いてくれた。

時計を見ると、どうやら俺は風呂に四十分は入っていたらしい。どうりでのぼせ気味なわけだ。

「お疲れみたいですね……。今日は早く寝てくださいね」

「ありがとう。そうするよ」

席に着いて箸《はし》を手に取ったところで、「あのさ……」と奏音が何やら言いたそうにこっちを見てきた。

「どうした？」

「あ、えーと……疲れてるかず兄に言うのもちょっと気が引けるんだけど――」

奏音はおずおずとスマホの画面を俺に見せてきた。

画面に表示されているのは、SNSのメッセージのやり取り。

ただし、奏音の方から一方的に送っているだけだ。

その相手の名前欄《らん》には『お母さん』と表示されている。

どうやら奏音は、毎日一言ずつ叔母《おば》さんにメッセージを送っていたらしい。

ただしどこにいるのか？　というものではなく、今日は学校で何をしたとか、何を食べたとか、画面に表示されているのはそのような些細《ささい》なことばかりだ。

「実はね、昨日まで全然既読《きどく》付いてなかったんだけど……今日見たら既読が付いてた」

俺は目を丸くした後、もう一度画面をよく見る。

確かにどのメッセージにも『既読』の文字が付いていた。

「電話は相変わらず出ないんだけどさ……。かず兄、明日ちょっと家を覗《のぞ》きに行っていいかな？　置いておきたい物があるから」

「置いておきたい物？」

「うん。文化祭のチケット」

奏音は何てことないというようにサラリと言うが、部屋の空気が一瞬固まる。

「去年も渡《わた》したんだけど仕事で来れなかったんだよね。でもさ、ほら。今回は仕事……じゃないはずだし？　だから、もしかしてと思って」

あくまで淡々《たんたん》とした態度を崩《くず》さない奏音だが、その言葉にどれほどの希望が込《こ》められているのか――俺も、そしておそらくひまりも察してしまった。

「ああ、わかった。そういうことなら俺も一緒に行こう」

「いいの？」

俺はコクリと頷く。

「会社が終わってからになるけどな。駅で待ち合わせでいいか？」

「うん、それでいい。……ありがと」

奏音は安堵《あんど》したように小さく笑ってから、今度は申し訳なさそうにひまりを見た。

「ごめんひまり。明日、ちょっと晩ご飯遅くなるかも」

「私は大丈夫《だいじょうぶ》だよ。気にしないで行ってきて」

そういうわけで、再び奏音の家に行くことが決まったのだった。


昼休み――。

食堂で昼食を食べ終えた俺は、非常階段の踊《おど》り場に一人移動する。電話をかけるためだ。

ここは静かだし、滅多《めった》に人も通らない。

昼休みの賑《にぎ》やかな空気とは一変、非常階段は埃《ほこり》の動きまで察知できてしまいそうな静けさが広がっていた。

俺は少し緊張《きんちょう》しながら、スマホの連絡《れんらく》帳の中から親父《おやじ》の電話番号を見つけ、タップする。

親父も働いているが、たぶん今は昼休みのはずだ。

数回の発信音の後、『おう、どうした』と名乗らないまま親父が電話に出た。

「突然ごめん。叔母さんのことで何かわかったことはあったかなと気になって――」

『うーむ……』

親父は一瞬《いっしゅん》唸《うな》ってから、

『捜索願《そうさくねがい》は出してあるんだがな、今のところ特に目立った進展はない』

「そうか……」

『それに捜索願を出したからといって、警察も特に見つけてくれるわけじゃないみたいなんだ』

「え、そうなのか？」

少なからずショックな情報だった。

『ああ。未成年や老人とか、一人で暮らしていくには困るだろう――という人は捜索してくれることもあるらしいけどな。自立している大人が自らの意思で出て行った場合は、事件性がない限り基本的には積極的に捜索されないらしい』

「確かに、警察も家出した大人を捜《さが》す時間はなさそうだよな……」

捜索願の総数は結構な数でありそうだし、そこまで業務に手が回らないというのが実情だろう。

『そして仮に本人を見つけても、だ。家に戻《もど》す強制力は警察にはないんだと』

つまり、叔母さんが自らの意思で家に戻る決意をしない限り、帰って来ないと――。

そういうことになるわけか。

これは――奏音には言えないな……。

『まぁ、仮に見つけたら、どこにいたのか一応こっちに連絡はくれるらしい』

「そうか……。うん、わかった」

限りなく望みは低そうだけど……。

『……奏音ちゃんの様子はどうだ？』

「今のところ元気にやってるよ」

『そうか……』

そこで数秒沈黙《ちんもく》が続く。

奏音の様子に関しては、本当にそれ以上のことが言えなかった。

ひまりがいるおかげで落ち込みすぎていないというのが実情だろうが――やはりひまりのことは親父にも言うわけにはいかない。

『とはいえ、平気であるはずがないだろうしな……。和輝、すまんがもう少し頼《たの》む』

「うん、俺は大丈夫だから」

『休憩《きゅうけい》時間が終わるから切るぞ』

「俺もそろそろ戻らないと。ありがとう」

電話を切ってから、俺は深く息を吐《は》く。

『もう少し』が一体どれほどの期間になるかはわからないが――。

最低でも、奏音が高校生の間は家に置いておく決心はついた。

そこでふと思う。

ひまりの両親は――彼女を本気で見つける気があるのだろうか、と。

念のためニュースなどは欠かさずチェックしているのだが、『高校生の少女が行方《ゆくえ》不明』というものはまだ見ていない。


夕方の帰宅ラッシュの電車を乗り継《つ》ぎ、奏音の地元の駅に着く。

一つ前の駅で大量の人が降りたので、この駅で降りる人はかなりまばらだった。

駅前で待ち合わせだったはずだが、奏音の姿が見当たらない。

スマホを取り出して奏音に電話をしようとしたところで、「かず兄！」と後ろから奏音に呼ばれた。

「ごめんごめん。ちょっと喉渇《のどかわ》いちゃってさ。コンビニでジュース買ってたの。かず兄のもあるよ」

奏音は持っていたペットボトルを俺に渡してくる。

一見水かと思ったが、よく見ると桃《もも》のジュースだった。

ジュースとか、長いこと飲んでいないな。家で飲むのは発泡酒ばかりだし。

「じゃあ遠慮《えんりょ》なく貰《もら》っておこう。行こうか」

「うん」

ペットボトルの蓋《ふた》を開けながら歩き出す。

一口飲むと、爽《さわ》やかだが後を引く甘さが口内に残る。

久々に飲むと凄《すご》く甘いな。だが、仕事に疲《つか》れた体にはちょうど良いかもしれない。

奏音も歩き始めにグイッとジュースを飲んだ。

「ぷはぁ～～～。冷たいっ」

ビールを飲んだおっさんみたいな反応をした後、奏音はもう一口飲んでからとある方向を見つめる。

それは奏音の家がある方角だ。

「うん………冷たいね」

果たしてそれは、ジュースに向けられた言葉だったのだろうか。

少し憂《うれ》いを帯びた奏音の横顔は、夕日に照らされてやけに綺麗《きれい》に見えた。

奏音のアパートに着いた。

一度来たことがあるからか、今回は前より早く着いたように感じた。

奏音は前回と同じようにポストに溜《た》まっていたチラシや封書《ふうしょ》を一気にガサッと取った後、慣れた手付きで鞄《かばん》から鍵《かぎ》を取り出して玄関《げんかん》を開ける。

「うーん。やっぱり畳《たたみ》の匂《にお》いがきつい」

玄関を開けて早々、鼻に通り抜《ぬ》けるイグサの匂い。

「住んでる時はこんなに匂ってなかった気がするんだけどなー。気が付かなかっただけなのかな」

「人が生活していない、てのもあるんじゃないか？」

「あー、なるほど……。確かに料理とか洗濯《せんたく》とか、生活してたら何かと匂いは発生してるもんね。そっか。誰《だれ》もいないからか……」

靴《くつ》を脱《ぬ》いで家に上がった奏音は、すぐに電灯を点《つ》けて奥の畳の部屋に行く。

窓を開ける音がした後、すぐに台所に戻ってきた。換気《かんき》しに行ったらしい。

奏音は雑に持っていたチラシや手紙を一枚ずつ、重要な封書がないか確認。ほどなくして、チラシ類はまとめてゴミ箱に捨てた。

残ったのは叔母さん宛《あ》ての『健康診断《けんこうしんだん》のお知らせ』と書かれたハガキだけだ。

奏音はそのハガキの上に、文化祭のチケットを重ねて置いてからスマホで写真を撮《と》る。

叔母さんに送るためだろう。

「送信……っと。これでわかるっしょ」

早速《さっそく》写真を送ったらしい。

叔母さん、これを読んで戻ってきてくれたら良いのだが。

「これで用は終わりなんだけど――って、ちょっと待って。服を持って行きたいから！」

奏音はそう言うと再び畳の部屋に行く。特にすることもない俺はただ待つしかない。

しかし、スマホで連絡か――。

そこで友梨の顔が浮《う》かんでしまった。

今さらだが、連絡先を交換《こうかん》していないことに気付いたのだ。

高校生の時に携帯電話《けいたいでんわ》の番号は交換したのだが、お互《たが》いにかけたことは一度もなかった。

俺が今持っているスマホは、あの時持っていた携帯電話とは番号が違《ちが》う。

一度落としてしまい、完全交換したからだ。

今、友梨と簡単に繋《つな》がる手段がなくて安堵している自分がいた。

答えがまだ、見つかっていないから。

奏音の家を出る頃《ころ》には既《すで》に日が沈《しず》み、空はすっかり群青色《ぐんじょういろ》になっていた。

「コンビニかスーパーか——どこかで飯を買って帰るか」

「うん。ひまりが待ってるもんね」

家を出てから、奏音の歩き方が少しだけ弾《はず》んでいるような気がする。

初めて俺の前で泣いた前回の時より、少しだけ状況《じょうきょう》が前進したからかもしれない。

少なくとも、叔母《おば》さんは奏音のメッセージを読んでいる。

「あの、奏音」

「ん？」

「あ、えーと、その……」

「……？」

首を傾《かし》げる奏音だが、俺は痒《かゆ》くもない首筋を掻《か》くばかりでなかなか言葉を続けられない。

今、このタイミングで言っていいものなのか——今さらながら躊躇《ちゅうちょ》してしまったのだ。

「何？　気になるし」

「その、こういうことを言っていいもんかちょっと躊躇《ため》らうんだが——。もし仮に叔母さんがこのまま帰ってこなくても、俺の家にいていいぞっていうか……うぅむ、この言い方だと何か偉《えら》そうだな……」

「かず兄……」

「いや、帰ってくる可能性が低いと言ってるわけではなくて、俺だって叔母さんには帰ってきてほしいと思っているからな⁉」

「そんなムキにならなくてもわかってるよ」

「そ、そうか……」

デリケートな話題なだけに触《ふ》れにくかったのだが、こういうことは先に伝えておいた方が良いだろうし……。

楽観的に考えた方が気持ちは楽だろうが、最悪のケースも想定しておいた方が動きやすいのも確かだ。

「それは、いつまで？」

「――ん？」

「いつまでかず兄の家にいていいの？」

「最低でも、奏音が高校を卒業するまではいていいぞ」

「……その後は？」

何か含《ふく》みを持たせながら上目遣《うわめづか》いで聞いてくる奏音。

む……。確かに今の言い方だと「卒業したらさっさと出て行け」というふうに聞こえてしまったかもしれない。俺はまったくそんなつもりではなかったのだが。

「奏音の進路次第《しだい》だな」

「かず兄はそれでいいの？」

「へっ？」

「だって私のご飯、食べられなくなっちゃうよ～？」

奏音はそこで悪戯《いたずら》っぽくにまりと笑う。

「それは……正直に言うと寂《さび》しいな」

「はえっ⁉」

「自分から振《ふ》っておいて驚《おどろ》くなよ。奏音の作るご飯は本当に美味《おい》しいと思ってるからな。これはお世辞じゃないぞ」

「ええと……あ、ありがと……」

「いや、こっちこそいつも助かっている。ありがとうな」

「うう……」

面白《おもしろ》いほど顔を赤くする奏音。

前から思っていたが、奏音はストレートに礼を言われることにあまり慣れていないらしい。まぁ、そういう俺も似たようなものだけど。

奏音はしばらく赤い顔のまま歩き続ける。

ここで変に弄《いじ》ると機嫌《きげん》を損《そこ》ねてしまうかもしれないので、俺もあえて見ない振りをしながら歩き続けていたのだが――。

突然《とつぜん》、スーツの裾《すそ》をくいっと引っ張られた。

「あの……かず兄が良かったら、だけど。卒業してもかず兄のためにご飯作るよ……？」

俺の方を見ずに、指でスーツを摘《つ》まんだまま奏音はぽそっと言う。

その言葉の意味を理解するのに、俺は数秒要してしまった。

「な――……え――!?」

「うし！　じゃあ早く帰ろ！」

俺の返答はいらないとばかりに、奏音はいきなり走り出してしまった。照れ隠《かく》しもあったのかもしれない。

その走り方はあまりにもかろやかで、俺とは明らかに違う若さを感じてしまう。

「お、おい。仕事帰りで疲れている運動不足の大人を走らせるなよ！」

俺は慌《あわ》てて後を追う。

しかし今の奏音の言葉は本気だったのだろうか？

だとしたら、それは——。

心の中に発生した言い表せないナニカを振り切るために、俺も全力で走るのだった。

第11話　給料とＪＫ

※　※　※

駒村《こまむら》と奏音《かのん》がいない１ＬＤＫの部屋が、いつもと同じはずなのにやけに広く見える。

「二人とも、いつ帰ってくるのかな……」

ひまりは時計を確認《かくにん》してから一人呟《つぶや》く。

とはいえ、口に出したところで即座《そくざ》に二人が帰ってくるわけもなく——。

ひまりは再びパソコンの画面に視線を戻《もど》した。

賞に絵を出した後も、ひまりは絵を描《か》き続けていた。

「よし……できた」

今回完成させたのはイラストではなく、四ページの短いオリジナル漫画《まんが》だ。

ひまりが憧《あこが》れている同人作家は様々なオリジナル漫画を出してきていたので、ひまりもその影響《えいきょう》を存分に受けている。

実は『ひまり』という名前も、その同人誌に登場する人物の名前だ。

とはいえ、漫画は難しいとひまりは痛感していた。

一枚で終わるイラストとは、使う技術が全然違う。

それでも短い漫画なら、見よう見まねで何とかそれっぽいものができるようになってきた。

「久々に投稿《とうこう》しよ」

ひまりは検索《けんさく》エンジンで、絵の交流サイトの名前を入力する。

家出をする前から絵はそのサイトに載《の》せていたのだが、家出をしてからは投稿できていなかった。

少し離《はな》れていただけなのに、サイトのロゴを見るだけで懐《なつ》かしい気分になった。

ログインをして自分のページに行き、漫画をアップロードする。そして投稿前の最後の確認《かくにん》の時に、もう一度最初から漫画を読み直す。

今回描いたのは、人魚姫《ひめ》をモチーフにしたファンタジーだ。

生まれてすぐ『人を好きになってはいけない』呪《のろ》いを受けた少女は、ある日遊びに行った森の中で足に怪我《けが》をして動けなくなってしまう。

それを助けてくれたのは、猟師《りょうし》の青年だった。

少女は青年の優《やさ》しさに触れて恋《こい》に落ちてしまうが、呪いのせいで気持ちを伝えることができない。

しかし何度も青年と接していくうちに、ついに少女は溢《あふ》れる気持ちを抑《おさ》えることができなくなってしまう。

そして「あなたが好きです」と口にした瞬間《しゅんかん》。

呪いのせいで青年は眩《まばゆ》い星の欠片《かけら》になり、消えてしまった。

自分のしてしまったことに、少女はただ後悔《こうかい》をして涙《なみだ》する。

——という悲恋《ひれん》の話だ。

青年が消えるシーンだけ背景にカラーを入れたので、悲しみと美しさと残酷《ざんこく》さが表現できた……とひまりは思う。

人魚姫は恋が報《むく》われず自分が泡《あわ》になってしまったが、この話で消えてしまうのは、告白された側の青年だ。

「…………」

自分で描いたものなのに、鼻の奥がツンとなる。

理由はわかっている。少女に自分を重ねたからだ。

あの時——駒村に気持ちを伝えかけてしまった時、すんでのところで「好きです」の言葉は呑《の》み込んだ。

それで良かったと今は思っている。

もう、自分の気持ちは彼にバレてしまったかもしれないけれど——。

それでも言葉に出していないから、ひまりの中ではまだセーフだ。

言ってしまっていたら、間違《まちが》いなく駒村の存在が今より遠くなっていただろうから。

「……早く大人になりたい」

ひまりは洟《はな》を啜《すす》りながら膝《ひざ》を抱《かか》える。

対等な立場で気持ちを伝えて、自分が消える側になるなら——悲しいけれど、それでもいい。

でも、ひまりはまだ未成年。

世の中にある色々な『責任』は大人に向いてしまう。

告白しかけたことで、ようやく本当の意味でそのことに気付けた。

困惑《こんわく》の色に染まっていた、駒村のあの目が忘れられない。

罪悪感が胸に広がる。

あの瞬間まで「私を見て欲しい、好きになって欲しい」としか考えていなかった自分は、本当に子供なんだなと恥《は》ずかしくもなった。

だからひまりは決めた。

せめてここを離れるまでは、この気持ちは抱えたままでいようと。

それくらいなら許されるはずだ。

そして、ここで暮らし始めて気付いたことがもう一つある。

こうやってひまりが絵を描いていることを、批難することなくただ応援《おうえん》してくれる駒村と奏音――。

自分が両親に心から望んでいたのは、この状態なのだと。

「…………」

脳裏《のうり》に両親の姿が浮《う》かぶ。

絵を描いているひまりに対し『そんなくだらないことはやめなさい』と言って批難してくる姿が。

家を出てから、真っ先に思い出す両親の姿はこれになってしまった。

『お前は父さんと母さんの子供なんだから』

『それだけひまりに期待しているんだよ』

「…………」

何度聞いたかわからない言葉は、ひまりにとっては呪い以外の何ものでもなかった。

それは別に嫌《きら》いなわけじゃない。

両親が大切にする理由もわかる。

でも、ひまりはそれ以上に絵を描くことが好きになってしまった。

たまたまネットの海で見かけた素人《しろうと》の話に、とても心を打たれてしまった。

そして「自分も描きたい」と強烈《きょうれつ》に思ってしまったのだ。

ただ――。

ひまりは自分の手のひらを見つめる。

村雲《むらくも》が勝手に家に入って来た時、奏音を守るために咄嗟《とっさ》に体が動いた時だけ――あの時だけはそれに感謝した。

「……二人とも……まだかな」

もう一度時計を見る。二人の帰りが待ち遠しい。

その心を抱えたまま、ひまりはもう一度描き洩《も》らしがないことを確認してから、開きっぱなしにしていたSNSに漫画を投稿した。

投稿完了《かんりょう》画面が表示されたのを確認してから、ひまりはサイトを閉じる。

「はー疲《つか》れたな……。これを何枚も描ける漫画家さんって本当に凄《すご》いなぁ……」

両腕《りょううで》を上げて伸《の》びをしたところで――。

玄関《げんかん》の鍵《かぎ》が開く音がして、ひまりは慌てて立ち上がった。

「ひまりただいまー！」

「晩飯買って来たぞ」

買い物袋《ぶくろ》をぶら下げた二人の姿を見た瞬間、ひまりは心から安堵《あんど》した。

「駒村さん、奏音ちゃん、おかえりなさい！」

こうして笑顔《えがお》で「ただいま」と「おかえり」を言い合える関係が、ただ嬉《うれ》しい——。

でも、現時点でそれを自分の両親には望めない。

向き合ってみるとは決めたけれど、やはり不安は大きいままだ。

玄関から風に乗って入ってくる外の匂《にお》いを感じながら、ひまりの心には鈍《にぶ》い痛みが広がっていた。


『擬《ぎ》人《じん》化ねこカフェ・もふもふ』に、今日も明るい声が響《ひび》く。

「いってらっしゃいませ、にゃん！」

店の入り口に立ち、笑顔で客を見送るひまり。

平日の昼下がりとあって、今の人で店内にいる客はゼロになった。

入り口から外を見てみるが、今日は天気が良くないせいか人通りも少ない。

ひまりはテーブルの片付けに入る。その所作もすっかり慣れたものだ。

高塔《たかとう》に告白されて以降、幸か不幸か、ひまりがバイトに入る時間は昼に集中していた。彼は大学生なので、夜メインのシフトなのだ。

そのおかげで、ひまりはあの日以来、高塔と顔を合わせていない。

とはいえ、他《ほか》のバイトの人に彼に告白されたことが知られていないか、少しビクビクしていた。特に、恵蘇口《えぞぐち》には知られたくない――。

テーブルを拭《ふ》き、流しでテーブルクロスを洗いながら考える。

脈もなさそうで立場的にも難しい駒村を見続けるより、いっそのこと年齢《ねんれい》も近い高塔と付き合った方が良かったのだろうか。

（でも、私はここにお金を稼《かせ》ぎに来ただけで、恋愛《れんあい》をしに来たわけじゃないし――）

と考えてから、それは駒村に対しても同じことだと気付いた。

別に恋愛をするために、家出してきたわけではない――。

（私が、今ここにいる理由……）

明確すぎるほど明確だ。

先日、駒村と奏音に宣言したではないか。

必要なお金を貯《た》めてから、両親と向き合ってみると。ここにいる期限も決めた。

でも、胸の内から湧《わ》いてくる自分の感情に嘘《うそ》もつけないわけで。

キュッとなる胸を誤魔化《ごまか》すかのように、ひまりは力を入れてクロスを絞《しぼ》り店内を見回す。

ようやく慣れてきたアルバイトだが、既《すで》にやめることを考えてしまっていることが、少し後ろめたかった。


「ひまりちゃぁん」

バイトのシフトが終わり、控《ひか》え室に戻《もど》ろうとしたひまりを低い声が呼び止める。

「はい――。あ、店長」

振《ふ》り返ると、店長の中臣《なかおみ》がニコニコとしながらおいでおいでと手招きしていた。

初めて会った時は見た目と声のギャップに驚《おどろ》いたものだが、今もあまり慣れてはいない。

ちなみに中臣は、コスプレが相当好きなオタクらしい――と他のバイトたちから聞いている。

この『擬人化ネコカフェ・もふもふ』も、彼女（？）の趣味《しゅみ》を存分に詰《つ》め込んだものらしい。

と、他のバイトから聞いたことを思い出しながら、ひまりは素直《すなお》に中臣の前に立つ。

「はい、ひまりちゃん。お疲れさまぁ」

中臣は持っていたファイルの中から茶色の封筒《ふうとう》を取り出し、ひまりに手渡《てわた》した。

すぐにそれが何かわかったひまりは、目を丸くした後中臣を見つめ――。

「あ……そうか、今日は――。あ、ありがとうございます！」

ひまりは封筒を大事に握《にぎ》り、深々と礼をした。

「ひまりちゃんは振込《ふりこ》みじゃなくて手渡し希望って最初に聞いたから、私も張り切ってお金を袋に詰めたんだゾ。それにしても、ふふっ。やっぱりひまりちゃんは反応が素直《すなお》で可《か》愛《わい》いわぁ」

頰《ほお》に手を当て、嬉しそうに笑う中臣。

バイト未経験のひまりが採用されたのも、彼女に気に入られたからだろうな、というのは何となく察している。

「ど、どうもです」

「大切に使うんだぞ。初めてのお・ち・ん・ぎ・ん☆」

「は……はい……」

中臣はたまにこういうテンションで話を振ってくるのだが、どういう態度で反応すればいいのか、ひまりは摑《つか》めずにいた。

「あれあれー？　どうした？　さっきまでお客様に見せてた元気がないぞー？」

「す、すみません！　大切に使わせて頂きます！」

「うむ。よろしい。若い子は元気が一番」

ひまりの返事に満足したのか、謎《なぞ》のウインクを残し、中臣は去っていく。

キャラは強烈だが、良い人であることに変わりはない。

ひまりは改めて封筒を見つめながら控え室に戻る。

お小遣《こづか》いでもお年玉でもない。

生まれて初めて、自分で稼いだお金。

バイトを始めてから、お金を稼ぐことの大変さを知ることができたのは良かったとひまりは思う。

駒村は微塵《みじん》も顔色に出していないが、ひまりに色々と買ってくれたことが、いかに彼にとって大変なことだったかを理解した。

同時に、両親の顔も脳内に浮かぶ――。

「…………」

お金の入った封筒をギュッと握るひまりの眉間《みけん》には、皺《しわ》が数本寄っていた。

※　※　※

夕方。

やたらと上機嫌《じょうきげん》な磯部《いそべ》からの飲みの誘《さそ》いを断り、俺はすぐに会社を出て——。

そしてすぐに立ち止まる。

「友梨《ゆうり》……」

植え込みのすぐ側《そば》で、あの日以降、接触《せっしょく》がなかった友梨が待っていた。

俺は途端《とたん》に困惑する。どう返事をすればいいのか、未《いま》だに決心することができていなかったからだ。

ただ——。

「かずき君、ごめんなさい」

「——え？」

俺が反応を返すより早く、いきなり友梨は頭を深く下げた。

本当にいきなりだったので、俺の思考は付いていかない。

「え……えっと……？」

「その、この間のこと……」

この間のこと──つまり告白のことだろう。

だが、それについていきなり謝罪してくるとは、一体どういう意味なのか。

まさか「やっぱりやめとく」ということなのか？　俺、告白されたのに振られたってことになるのか？

頭の中が疑問でいっぱいになる俺に向けて、友梨は目を伏《ふ》せながら続けた。

「かずき君の今の状況《じょうきょう》のこと、考えずに言ってしまって……。奏音ちゃんとひまりちゃんのことがあるのに、私のことなんて考える余地がないよなって、家に帰ってから気付いたんだ……。だから、ごめんなさい」

「あ、あぁ…………」

それは友梨の言った通りだった。今はあの二人のことで手一杯《ていっぱい》だ。

友梨に告白される前から──普通《ふつう》に仕事をしている時も、奏音とひまりのことがどうしても浮《う》かんでしまっている状態が続いている。

今の俺は二人のことで気持ちに余裕《よゆう》がないというのは、確実に事実である。

「だからね……。やっぱり私が言ったことは、なかったことに──」

「それはできない」

「――え？」

俺の返答に、今度は友梨が目を丸くした。

確かに俺は友梨の告白に驚き、戸惑《とまど》い、そして返答に困っている。

けれど。

「なかったことにはできない。いや、しない。友梨がどれほど勇気を振り絞って言ってくれたのか……それだけはわかっているつもりだ。幼馴染《おさななじ》み……だし」

知り合ってからおよそ二十年。

彼女の性格や行動パターンから考えるに、『告白』というものが友梨にとって簡単でないものということは知っている。

『好き』というたった二文字で、俺たちの関係が大きく変わるかもしれないという恐怖《きょうふ》を抱《かか》えながら、それでも友梨は言ってくれたんだ。

「だから、返事は待っててくれないか。かなり遅《おそ》くなるかもしれないけど」

「かずき君……」

友梨は目の端《はし》に涙《なみだ》を浮かべて微笑《びしょう》する。

「それはちょっとズルい……ズルいよ。そんな答え方されたら、益々《ますます》好きになっちゃうじゃない」

「う……えっと……」

「ふふ、冗談《じょうだん》だよ。でも、うん。わかった。私、二人のことが解決するまで待ってる。たとえどういう答えになっても——待ってるから」

友梨はそう言うと、軽く手を振ってから俺に背を向ける。

俺はしばらくの間その場に立ち尽《つ》くし、友梨の後ろ姿を見つめていた。


「駒村さん」

マンションのエレベーターのボタンを押して待ち惚《ほう》ける俺を、よく知る声が呼び止める。振り返ると、ひまりが小走りで俺に近寄ってくるところだった。どうやらバイト帰りらしい。

ひまりはいつにも増して、ニコニコと笑顔《えがお》だった。

「どうした。何か嬉《うれ》しいことでもあったのか？」

「えへへ。それはまた後で」

ひまりはそう言うと、マンションの端にある階段に向かう。

他の住民と極力会わないために、ひまりはずっと階段を利用しているのだ。

今声をかけてきたのも、周囲に誰《だれ》もいなかったからこそだろう。

いつもはなかなか降りてこないエレベーターにもどかしい思いを抱《いだ》くのだが、今日はひまりとの帰宅時間をずらせるので気にならなかった。

「ただいま」

「おかえりなさい」

「おかえりー」

玄関《げんかん》を開けると同時に二人の声が響《ひび》く。

奏音はキッチンに立ち玉葱《たまねぎ》を切っている。ひまりはというと、鞄《かばん》の中をゴソゴソと漁《あさ》っていた。

そして間もなく——。

「駒村さん、さっきの続きです。はい！」

ひまりがそう言いながら出してきたのは、茶色の封筒だった。

封筒を受け取った俺はすぐに中身を確認《かくにん》する。万札が三枚入っていた。

「これは……」

「今日は給料日だったんです。これまでの食費とか服代とか——ようやくお渡しすることができました」

ふわりとした笑顔で答えるひまり。

なるほど、給料日は今日だったのか……。

俺はひまりが「バイトを探す」と言った日のことを思い出す。

最初はどうなることかと思ったが、何とか無事に最初の給料を貰《もら》うところまでいけたことには安堵《あんど》する。

それにこのアルバイトの体験は、今後のひまりの人生においても何かしらの役には立つだろうし……と考えたところで。

「そういうことならわかった、受け取ろう。ただし全部はいらない」

「えっ？」

俺は封筒の中から一万円だけを抜《ぬ》き取ると、そのままひまりに返した。

「え、あの……」

「これだけで良い。食費な」

「でも、食費はもう少しかかってると思うし、服代とかも……」

「それはまぁ、俺からの驕《おご》りだ」

困惑《こんわく》の表情を浮かべるひまり。

確かに俺としては、金を出してもらえたらとても助かる。

今までボーナスの五割から七割は貯金専用口座に入れて貯《た》めてきているので、金銭的余裕は結構あるのだが——。

ただ、そろそろ貯金専用だったその口座から金を引き出さないといけないかもしれない。一人暮らしの時のみならず、弟と暮らしていた時とも比べると、出費は確実に増えているからな……。

やはり『年頃《としごろ》の人間が三人で生活』というのは、なかなか家計を圧迫《あっぱく》する。

とはいえ、この生活がずっと続くわけではない——と割と楽観的に見ているので、そこまでの危機感は今のところないけれど。

というわけで、俺は最初から食費以外の金を受け取らないと決めていた。

これはひまりの未来に対する、俺の勝手な投資でもある。本当に、自分勝手な想《おも》いだけれど。

「そういうわけにはいきません。私は——」

「まあまあ。かず兄《にい》がこう言ってんだし、自分用に使いなよ」

双方《そうほう》の意見が平行線になる予感がしたが、意外なところから助け船が出た。

「奏音ちゃん……」

「お金貯めてから両親に会うんでしょ？　だったら少しでも貯めてた方がいいじゃん」

「奏音の言う通りだ。せっかくのアルバイト代、どうせなら自分のために使ってくれ」

「………………」

ひまりはしばらくの間困った表情を浮かべていたが、やがてほどなく。

「わかりました……。ありがとうございます」

ペコリと丁寧《ていねい》に頭を下げたのだった。

「あ、そうだ。奏音ちゃんにはこれあげる」

「へっ？」

ひまりは鞄からラッピングされた小さな袋《ふくろ》を取り出して奏音に渡《わた》す。

奏音がすぐに袋を開けると、中から出てきたのはふわふわの毛玉のキーホルダーだった。

「わ、可愛《かわい》い。ありがとうひまり。でも何で？」

「給料を貰ったら奏音ちゃんにもお礼をするって決めてたんだ。でもお金だとちょっとアレだし……。だからこれにしたの」

「そうなんだ。別に気を遣《つか》わなくても良かったのに」

「そういうわけにはいかないよ。毎日美味《おい》しいご飯を作ってくれてありがとう、奏音ちゃん」

「いや、えーと、うん……。こっちこそありがとう」

ひまりの真《ま》っ直《す》ぐなお礼に照れてしまったのか、奏音は視線を斜《なな》め上方向に逸《そ》らせつつ答える。

「でも、何でこれ？」

「えへへ。実はそれ、お店のポイントと交換《こうかん》できるうちの店のグッズ『猫《ねこ》の毛玉』だよ。店長にお願いして購入《こうにゅう》してきちゃった」

「へー……」

「ふわふわだけでなく弾力《だんりょく》もあってムニムニしてるんだよ。つい触《さわ》りたくなっちゃうんだよね」

「確かにこれは、無限にムニムニできる……」

ムニムニムニムニ――と一心不乱に毛玉をムニムニし始める奏音。

「そして私とお揃《そろ》いです」

と、自分の鞄を見せるひまり。

そこには色違《いろちが》いの毛玉が付いていた。奏音はそれを見て「えへへ」と嬉しそうに笑う。

「むぅ……。俺もちょっと触っていいか？」

幸せそうにムニムニする様子と、ふわふわ具合に少しそそられてしまった。

「はい、もちろんです」

許可を貰い、早速《さっそく》ひまりの鞄に付いている毛玉に触《ふ》れる俺。

これは——確かにほどよい弾力だ。

それでいて指の間を優《やさ》しく撫《な》でるふわふわの毛——。

奏音が無限にムニムニできる、と言った理由がよくわかった。俺もちょっと欲《ほ》しくなってしまったぞ。

まぁ、俺が会社の鞄にこれを付けていったら磯部にツッコみまくられるだろうし……。

やっぱやめておくけど。

第12話　弟とJK

いつもと同じ帰宅になるはずだった。

でも、その日はいつもと同じではなかった。

仕事から帰ってきた俺は、エレベーターに乗って三階で降りて――そして、固まってしまった。

俺の部屋の前で、金髪《きんぱつ》の男がドアスコープから中を覗《のぞ》こうとしていたからだ。

どこからどう見てもただの不審者《ふしん》だが、その男は不審者でも何でもなく――。

「晄輝《こうき》……」

思わず名を呟《つぶや》いてしまった。

直後、かの人物も俺の存在に気付いたらしく、顔を上げてこっちを見る。

「よ、兄ちゃんお帰り。ていうか久しぶり！」

屈託《くったく》のない笑顔で手を挙げたのは、少し前までこの部屋で一緒《いっしょ》に暮らしていた弟だった。

ひとまず俺は部屋の前まで移動するが――。

この状況《じょうきょう》はマズい。とてもマズいぞ。

確か、今日はひまりのバイトは休みだったはず……。

「お前、怪《あや》しい行動をするなよ。マンションの住民に通報されるぞ」

「いやぁ、ごめんごめん。実はこのマンションの鍵《かぎ》なくしちゃってさぁ。兄ちゃんが帰ってくるの待ってたんだ」

………ん？

てことは、奏音《かのん》はまだ帰ってないのか？

俺がまだ帰っていないということを知るために、一度インターホンは押したはず。そしてもし奏音がいたら、彼女が対応しているはずだ。

でも外で待ち惚《ほう》けていたということは、奏音はまだ帰宅していないということだろう。

買い物が長引いているのか？

いや、今はそれについては一旦《いったん》置いておく。

「来る前に連絡《れんらく》しろよ」

本当に俺の心からの言葉だった。来ることが事前にわかっていたのなら、もっと対策できたのに。

「いやー、俺もそのつもりはなかったんだけどさ。今日はたまたま仕事がこの近くであってさー。ついでに寄っただけだし」

晄輝はフリーのカメラマンだ。とはいえ人を撮《と》るより、雑誌に載《の》せる店舗《てんぽ》や料理とかを撮る方が多いらしい。

一緒に住んでいた時は、休日に野鳥や野良猫《のらねこ》とかを撮りに行ってたけど。

「そうか……。だったら飯でも食いに行こうか」

どこでもいい。とにかく晄輝を家から遠ざけないと。

そして飯屋のトイレかどこかで家に連絡して、ひまりに隠《かく》れてもらう——。

このプランでいくしかない。

「ん、別に飯はいいよ。帰ってから食うし。てか、彼女が用意してくれてると思うんだよね」

このリア充《じゅう》が！　と咄嗟《とっさ》に心の中で叫《さけ》んでしまった。

家に帰ったら彼女の手料理が待ってるとか、なんて羨《うらや》まし——……。

いや、今は俺も似たような状況か。決して彼女ではないけれど。

ていうか、早くもプランが崩壊《ほうかい》してしまった。これは——どうする？

「それより親父《おやじ》から聞いたよ。奏音ちゃんを預かってるって？」

「ああ」

「そうかー。ずっと会ってなかったもんなぁ。今どんな感じ？」

「それは……とても女子高生というか」

「何だよそれ！　兄ちゃんの語彙《ごい》力ヤバくね⁉」

晄輝はひとしきり笑いつつも、俺の鞄《かばん》にチラチラと視線を送っている。

早くドアを開けろ、という意味だろう。

……本格的にマズい。さすがにこの状況から家の中に入らないのは、あまりにも不自然すぎる。

かといってこのまま家の中に入ってしまったら、確実にひまりとエンカウントするわけで。

俺は極力ゆっくりな動作で、鞄の中に手を入れる。こんなところで時間を稼《かせ》いでも意味がないことはわかっているのだが。

「あ——。もしかしてあれ、奏音ちゃん？」

晄輝の声に俺はエレベーターの方へ振《ふ》り返る。

そこには買い物袋を二つぶら下げた奏音が、目を見開いて俺たちを見ていた。

奏音はゆっくりと俺たちの方へ近寄ると——。

「えと……久しぶり……こう兄《にい》」

上目遣《うわめづか》いで、おずおずと挨拶《あいさつ》した。

「久しぶりー。いやぁ、大きくなったなぁ奏音ちゃん」

「ど、どうもです」

奏音はチラリと俺を見る。

目が合ったのは一瞬《いっしゅん》だったが、奏音も「ヤバい」と思っているのは嫌《いや》というほど伝わってきた。

この状況でここを離《はな》れる理由がない。

これが他人なら「ちょっと散らかってるから」という言い訳もできるが、晄輝は身内だ。仮に言ったとしても、そんな気遣《きづか》いは無用だと一蹴《いっしゅう》されて終わるだろう。

もう、こうなれば腹を括《くく》るしかない――。

俺は一呼吸置いてから、ついに家の鍵を取り出した。

ガチャリ。

開錠《かいじょう》の音がいつもより重く聞こえる。

静かにドアを開けると、家の中は明かりが点《つ》いていなかった。ひまりの靴《くつ》はあるが、しんとした静寂《せいじゃく》が広がっている。

これは――。

もしかしてひまりは、玄関《げんかん》前での異変に気付いて隠れたのか。

「おー。既に懐かし」

俺の後に続いて中に入った晄輝は、ひまりの靴には言及しなかった。奏音用だと思ったのだろう。

電気のスイッチを入れ、奏音はスーパーの袋《ふくろ》をキッチンのテーブルに置く。奏音の表情はさっきより強張《こわば》っていた。

晄輝はリビングに向かうと、テレビの前にしゃがみこむ。

「そういや俺が買ったゲーム、いくつか置いてたじゃん。持って行っていい？」

「ああ。問題ない」

そういえば奏音たちが家に来てから、家庭用ゲーム機を触《さわ》ってない。というか、社会人になってからほとんどやってないんだけど。

仕事が終わってからだと、ゲームの電源のスイッチを入れるのがとても億劫《おっくう》になってしまったんだよな……。

ゲームソフトを漁《あさ》る晄輝から少し離れ、俺は自分の寝室《しんしつ》を見る。

そこにひまりの姿はなかった。

でも玄関に靴があるということは、どこかにいるはずだ。

頼《たの》む。このまま気付かずに帰ってくれ、晄輝……。

「あ、そうそう。俺のジャージまだ取ってある？　確かそれも置いたままだった気がするんだけど」

「どうだったかな……」

と答える合間に晄輝はクローゼットを開け――。

「うわあああああっ!?」

悲鳴を上げて後ろに大きく飛び退《の》く。

理由はすぐにわかった。クローゼットの端《はし》の方に、ひまりが縮こまって座っていたのだ。

自分の顔から一瞬で血の気が引いたのがわかった。

同時にひまりも、青い顔で涙目《なみだめ》になっていたのだった。

リビングに勢揃《せいぞろ》いした俺たちは、ただ無言だった。

晄輝はひまりに上から下へ視線を這《は》わせ、そして俺の方を見る。

「兄ちゃん…………」

とてもマズいものを見てしまった――という心情がありありと感じられる晄輝の呼びかけに、俺は何も返すことができない。

友梨《ゆうり》は『共犯』になって協力すると申し出てくれたが、晄輝まで都合良くそう言ってくれるとは限らない。

晄輝は見た目に反し、割と真面目《まじめ》なのだ。

「最初見た時、死体かと思って心臓止まるかと思ったわ……」

いや、死体って……。とはいえ、俺は何も言い返せない。

「でもリビングに入った時、ちょっと『ん？』て思ったんだよな。布団《ふとん》が二つあったから」

やっぱり俺は何も言い返せない。

うちにあるクローゼットには奏音とひまりの布団をしまうスペースがない。畳《たた》んだ状態でリビングに出しっぱなしだった。

「奏音ちゃんも許可済みってことだよな……」

名を呼ばれた奏音も、気まずそうにただ俯《うつむ》くばかり。

晄輝はうな垂れるひまりを見てから、もう一度俺を見た。

「バレたら犯罪になるかも、だぞ……」

かも、じゃなくて犯罪だ。でも、そんなことは最初からよくわかっている。

「まさか兄ちゃんが、年下好きだったとは……」

…………ん？

「しかもいきなり同棲《どうせい》……」

んん……？

「さらに奏音ちゃんがいるというのに遠慮《えんりょ》しないとか、ちょっとどころかかなり恐怖《きょうふ》だわ……」

んんんん……⁉

これは――？

もしかしなくても、晄輝はひまりのことを俺の彼女だと思っているのか。

でも普通《ふつう》に考えて、まず行き着く答えはそうだよな。家出した少女を匿《かくま》ってるなんて、普通は思わないよな……。

俺たち三人はチラッと目を合わせ――そして晄輝に気付かれないよう、小さく頷《うなず》き合う。

晄輝には、その勘違《かんちが》いのままでいてもらうことにしよう――という合図だ。

まさに以心伝心。心は一つ。一ヶ月以上、共に暮らしてきた成果が今ここに。

「まぁなぁ、好きになってしまったもんはしゃーないわな……。このことは親父たちには黙《だま》っておくからさ……兄ちゃんもバレないようにしろよ？」

「あ、あぁ……」

何かよくわからんが助かってしまった。

……本当にこれは助かったのだろうか？

まぁ今はそういうことにしておこう。

「とりあえず、ええと――紹介《しょうかい》してもらっていい？」

俺はコクリと頷いてから、気を取り直すために軽く咳払《せきばら》いをする。

「わかった。彼女はひまり。その、奏音と同い年だ……」

「奏音ちゃんと」

晄輝は目を丸くする。そして改めて俺とひまりを交互《こうご》に見た。

「えっと、実は奏音とひまりは知り合いで。何か……なりゆきでこんなことになってるというか……」

「知り合いなの？　え。奏音ちゃんは嫌じゃないの？」

「あぁ、うん……。むしろひまりがいてくれた方が、私は嬉《うれ》しいというか。その、今まで男の人と一緒《いっしょ》に暮らしたことがなかったから……」

「あー確かにねー……。なるほど……」

俺たちのあやふやな説明にも、晄輝はツッコんで聞いてこない。あまり深掘《ふかぼ》りしてはいけない――という空気を感じているのかもしれない。俺としてはその方が助かるけど。

「その、こう兄。私そろそろご飯の準備をするんだけど――」

「あ、俺の分はいらないよ。もうちょっとしたら帰るし」

「そっか。わかった」

そう言って奏音はキッチンに向かう。

「わ、私も手伝います」

とひまりも奏音についていった。居辛《いづら》いだろうし、俺としてもその方が良いと思う。

「ええと……俺は何をしようとしてたんだっけ？」

晄輝にとって衝撃《しょうげき》的な状況《じょうきょう》だったせいか、元の目的を忘れてしまったようだ。ていうか、俺も逆の立場なら同じように忘れてたと思う。

首筋を掻《か》きながら、晄輝は俺に聞いてくるのだった。


クローゼットの中から自分のジャージを取り出した晄輝は、俺の寝室に移動する。何となく俺もその後に続いた。

「んで兄ちゃん。興味というか、ちょっと心配というか――下世話な話、アレどうしてんの？」

「…………」

直後、ヒソヒソ声でいきなりぶっ込んで聞いてきた。

さすがに俺もすぐには答えられなかった。

「本番はないよな？　奏音ちゃんがいるし」

「まぁ……犯罪になるしな……。今のところ普通に暮らしてるだけだ」

嘘《うそ》でもこういうことを言うのはかなり恥《は》ずかしいな……。自分のために我慢《がまん》するけど。

「そっか。それなら良かった——と言いたいところだけど、ぶっちゃけそれはそれでツラくね？」

「まぁ、その…………そういうのはトイレで……」

「やっぱそうなるよなぁ……。部屋だとニオイで速攻《そっこう》バレるもんな。あ、俺からの忠告だけど、風呂《ふろ》でやるのは絶対にやめといた方がいい。アレってお湯で固まる性質があるらしくてさ……。俺、それで風呂の排水溝《はいすいこう》を詰《つ》まらせちゃって、彼女にめっちゃ怒《おこ》られたんだよね。しかもその後『私は必要ないってことだよね!?』とか言われて、違うと言っても納《なっ》得《とく》してくれなくて。あの時はかなり修羅場《しゅらば》だった……」

まるで戦場から帰還《きかん》してきたかのように、遠い目をしながら言う晄輝。本当に大変だったんだな……ということはよく伝わってきた。

「身を切った忠告、どうも……」

風呂場の排水溝、要注意——。

俺の脳に、晄輝の自爆《じばく》話は深く刻み込まれたのだった。

「そんじゃ、またなー兄ちゃん。奏音ちゃん、ひまりちゃんも」

玄関で晄輝を見送る俺たち。

宣言通り、晄輝は長居することはなかった。

「あ、そうだ兄ちゃん。聞いてるかもしれないけどさ、母さんもうすぐ退院だって」

「そういえば今月中って言っていたな。また俺も実家に寄るわ」

「うぃ。じゃあ今度こそまたなー」

そして晄輝はヒラヒラと手を振《ふ》りながら部屋を後にする。

俺とひまりが付き合っている——という、とんでもない勘違いをしたままで。

その方が確かに助かるのだが、とはいえ俺が女子高生と付き合っているという状況を微《み》塵《じん》もおかしいと思わないのは、我が弟とはいえどうなんだ……。

俺は晄輝から、そういうことをやってしまう人間だと思われていたってことか？　それはそれでちょっとモヤモヤするな……。

ドアを閉めてから、俺たちはほぼ同時に「ふぅ」とため息を吐《つ》いた。

「こう兄、久しぶりに会ったけど相変わらずだったね」

「そうだな……」

「何だか大変なことになってしまいましたね……。ごめんなさい……」

「あいつは滅多《めった》に来ないから大丈夫《だいじょうぶ》だろ。というか、あいつが家を出て行ってからここに来たのは今日が初めてだ」

「そうだったんですか」

これくらいのスパンなら、次に晄輝が家に来た時にひまりはいないはずだ。

だからそれほど問題ではないだろう。それと、「今度から家に寄る時は事前に連絡《れんらく》をしろ」と念押しのメッセージを後で送っておこう。

「それにしても、見た目も性格も、駒村《こまむら》さんと弟さんは正反対なんですね」

「そうだよねー。かず兄《にい》もこう兄みたいにもう少し垢抜《あかぬ》けたらいいのに。せめてコンタクトにするとかさ」

「俺は目の中に指を突《つ》っ込むのが苦手なんだよ。髪《かみ》を整えるのも面倒《めんどう》だし、このままでいい」

なにより、晄輝のように明るく楽しく振る舞《ま》うことが俺は苦手だ。

かといって、あいつのことが苦手なわけじゃない。むしろ昔から気は合ってる方だ。

その晄輝に嘘をついてしまったことが、俺の中に小さな棘《とげ》となって残り続けた。

第13話　文化祭とＪＫ

六月も終わりに近付いてきたある日の夜。

ひまりが風呂に入っている時に、「かず兄《にい》……」と奏音《かのん》が近寄ってきた。

テレビを見ながら発泡酒《はっぽうしゅ》を飲んでいた俺は缶《かん》を置く。

「どうした？」

「ちょっと頼《たの》みがあるというか……。今度の休みの日に、ひまりのバイト先に一緒に行って欲しいなって……」

「…………へ？」

奏音の言ったことがすぐに理解できなかったのは、たぶんアルコールのせいではない。

「それは、客として行きたいってことか？」

「うん……」

「でも奏音、前に言ってたよな？　バイトをしているひまりを見に行くのは迷惑《めいわく》だって」

ひまりの様子が心配だから見に行こうか――と言った俺に、奏音がそう言って強く止めに入ったのはよく覚えている。

「いやぁ。あの時とは状況が違うっていうか……」

奏音は頭を掻きながら目を逸《そ》らす。

「どんな状況？」

「文化祭でコスプレ喫茶《きっさ》をやるって言ったじゃん。だから参考になるかなって。実はクラスで『もう一つくらいメニュー増やしたいよね』という話が出てきてね。でも決まらないままで――」

「高校生の文化祭だから適当にやればいいんじゃないのか？　冷凍《れいとう》の何かを温めるだけとか」

ゆるい感じというか、ちょっとくらい適当でも許されるのが高校生の文化祭だと俺は思うのだが。

「私もそう思うんだけどね。お金を貰《もら》う以上ちゃんとしたい、って意見もあって難しいんだよねー……」

「なるほど……」

確かに、こういうのでクラスの意見を一つにするって難しいよな。

真面目《まじめ》にやりたい奴《やつ》と適当に済ませたい奴が混在していると、特に。

――と、既《すで》に遠くなった日の記憶《きおく》の糸をたぐり寄せる。

「で、奏音はちゃんとやりたい側ってことか」

「まぁ……。かず兄とひまりが来てくれるなら、やっぱそれなりのもの見せたいじゃん」

ちょっと照れくさいのか、ふいと顔を逸らしながら言う奏音。

その奏音の心は素直《すなお》に嬉しかった。

同時に、自分の中からすっかり消えてしまった純真さが少し眩《まぶ》しい。

「だから実際にメイド喫茶に行ってヒントを貰いたいんだけど。んでも、私そういう所に行ったことないからちょっと怖《こわ》くて……。だから一緒に付いてきて欲しいなって」

「そういうことならわかった。でも、わざわざひまりの店に行かなくても良いんじゃないのか？」

「そこはほら。ひまりのメイド姿を見てみたいという好奇心《こうきしん》というか？　ぶっちゃけ見たいじゃん？　かず兄は見たくないの？」

「見たいか見たくないかで言ったら、見たいかな……」

決してやましい意味ではなく、単純な興味でだ。

あと、前にひまりの接客の練習の手伝いもしたからな。あれから上手《うま》くやれているのか気になるのも事実だし。

「よし。それじゃあ明日、かず兄の仕事が終わったら早速《さっそく》行こう。ちょうどひまりは明日夜のシフトみたいだしね」

というわけでひまりには秘密のまま、俺と奏音はメイド喫茶に突撃《とつげき》することとなったのだった。


仕事を終えた俺は、時計を見ながら急いで帰り支度《じたく》をする。

今日はすんなりと仕事を終えることができなかった。

他部署に不備領収書の聞き取り調査をしに行ったのが、思いのほか時間を取られてしまったのだ。おかげで定時を少し過ぎてしまった。

奏音が待ってるから急がないと。

「なぁんか急いでんな駒村《こまむら》。今日も誘《さそ》っても断られるパターン？」

「あぁ。ちょっと用事があってな。すまない」

「ふーん。急いでるって、デート？」

「だから違うっての」

女子高生と二人きりで出かけるのは、他人から見たら確かにデートに見えるかもしれないが……。

奏音はあくまで従妹《いとこ》。今日もただの付き添《そ》いだ。

「ま、今度時間がある時でいいから付き合ってくれよ。ちょっと相談したいことがあってさー……」

「……わかった」

軽く返事をしてから、俺は早足で会社を後にする。

しかし磯部《いそべ》がテンション低めで相談を持ちかけてくるとは、かなり珍《めずら》しいな。

いつもの笑い話になりそうな軽い恋愛《れんあい》相談とは雰囲気《ふんいき》が違う。あいつも人並みに悩《なや》みとかあったんだな。

と考えながら、俺は奏音と待ち合わせをしている駅へと向かった。

奏音は既に駅前で待っていた。植木の前のレンガに腰掛《こしか》け、退屈《たいくつ》そうにボーッとしていた。

会社を出てすぐに連絡していたとはいえ、やはり申し訳なくなってしまう。

「すまん。ちょっと遅《おそ》くなった」

「あ、ううん。別に大丈夫だし。お仕事おつかれ」

「ありがとう。それじゃあ行くか」

俺は早足で奏音の前を歩く。

この間奏音に言われた言葉が頭の中をチラついてしまい、並んで歩けなかったのだ。

いや、変に意識するなって俺。あれは料理ができない俺を憐《あわ》れんだから出てきた言葉かもしれないじゃないか。

だからプロポーズみたいだったなとか、考えたらダメだ。

落ち着け。相手はまだ高校生だぞ。

「かず兄。そっちじゃなくてここ左だよ」

「お……？」

後ろから奏音に声を掛けられ、俺は慌《あわ》てて振り返る。

奏音はスマホと俺を交互《こうご》に見ながら、「こっち」と指差している。

ひまりが履歴《りれき》書を書いた時に店の情報は聞いていたので、地図アプリで確認《かくにん》しながら進んでいたのだが——。

どうやら少し考えごとをしている間に、曲がる道を過ぎてしまっていたようだ。

俺は慌ててUターンをする。

「かず兄、もしかして方向音痴《おんち》？」

「そんなことはない。ちょっとボーッとしていただけだ」

「ふーん……？」

にやにやしながら何か言いたげな目をする奏音だが、俺は本当に方向音痴ではない。

……………たぶん。

「あ。ここみたいだよ」

道を曲がってすぐ、奏音は立ち止まって目の前のビルを指す。

灰色の六階建てのビル。

エレベーターへと続く狭《せま》い入り口脇《わき》に、店舗《てんぽ》名が書かれたプレート一覧が貼《は》られている。

その店舗名一覧を確認《かくにん》するまでもなく、ひまりのバイト先はすぐ目の前——一階にあった。

お洒落《しゃれ》なカフェのようなガラス張りの壁《かべ》なので、外から店内の様子がよく見える。

店内の壁にはピンクやオレンジ色のハートやら星やら、可愛《かわい》い装飾《そうしょく》がたくさん並んでいる。

そして店内を歩き回るメイドは、黒色を基調としたフリフリのメイド衣装《いしょう》に、猫耳《ねこみみ》と尻《しっ》尾《ぽ》を付けていた。

ここから見える範囲《はんい》にひまりの姿はない。今は裏にいるのだろうか。

独特の雰囲気に、俺と奏音は思わず顔を見合わせる。

「とりあえず……入ろうか」

「う、うん」

意を決し、俺は重たいガラス扉《とびら》を押し開けた。

「「「おかえりなさいませにゃん！」」」

店内に入った瞬間《しゅんかん》、俺と奏音に向けてメイドたちが一斉《いっせい》に声を発する。

ひまりの接客の練習に付き合ったので知ってはいたのだが、実際に超歓迎《ちょうかんげい》モードで出迎《でむか》えられるとなかなか気恥《きは》ずかしいな……。

「こちらのお席へどうぞにゃん」

入り口近くにいたメイドのお姉さんが、すかさず俺たちをテーブル席に案内してくれる。

清潔そうな白いテーブル席に案内された俺たちは、勝手がわからないので借りてきた猫のようにおとなしく案内に従うのみ。

とはいえ奏音は席に着いて早々、物珍《ものめずら》しげにキョロキョロと店内を見回し始めた。

「ひまりはどこかな？」

と呟《つぶや》いた直後。

「お、お、お水をお持ちしました……にゃん」

やけに震《ふる》えた声は、とても聞き覚えのあるもの。

見上げると、他《ほか》のメイド同様に猫耳と尻尾を付けたひまりが、水とおしぼりをトレイに載《の》せて持ってきていた。

その胸には可愛い丸文字で書かれた『まろん』という名札が付いている。

こういうメイド服を間近で見たのは初めてなのだが、これは確かに可愛いな。

パニエと言うのだろうか？　短めのスカートの下から、ボリュームのある白いフリフリがチラリと覗《のぞ》いている。

白いニーソと相まっていかにもな『コスプレ感』を醸《かも》し出しているが、その雰囲気自体も可愛らしい。

——とつい眺《なが》めてしまったが、ひまりの顔はゆで蛸《だこ》のように真っ赤に染まっていた。

「かわいー……」

半ば呆《ほう》けつつ奏音が感嘆《かんたん》の声を上げると、ひまりは「ど、どうもデス……」と一回り小さくなりながら答える。

そしてぷるぷると震えながら水とおしぼりを置いた。

「ど、どうしてここに……？」

他の従業員に聞こえないよう、小声で俺たちに疑問を投げかけるひまり。

「いや、文化祭でコスプレ喫茶《きっさ》をやるって言ったじゃん？　参考にしたいなぁと思って」

「そ、そうですか……」

答えながら、生まれたての子鹿《こじか》のようにさらにぷるぷると震える。

あまりの震え具合に、ちょっと可哀想《かわいそう》になってきた。

「あの……他の人たちには、私たちが知り合いってことは、その――」

「大丈夫《だいじょうぶ》だ。普通《ふつう》の客として振《ふ》る舞《ま》うから」

そう言うとようやくひまりはホッと安心したような顔をして、メニューをテーブルに置いた。

「それでお願いします。コホン、それでは改めて――。お客様は初めてのご来店ですか？

……にゃん？」

あ。やっぱり最後に「にゃん」を付けるのはまだ苦手なんだ。

「はい」

「うん」

俺と奏音が返事をすると、ひまりはニッコリと笑顔《えがお》になる。

「では、当店のシステムについてご説明させて頂きますにゃん。ちなみに私の名前は『まろん』と言います。よろしくですにゃん！」

お、これは――。

どうやら接客モードのスイッチが入ったみたいだな。

完全に猫メイドに扮《ふん》したひまりの説明を、俺と奏音は熱心に聴《き》き入るのだった。

ひまりから簡単なメニューの説明を聞き終えた俺たちは、どれを頼《たの》もうか真剣《しんけん》に悩んでいた。

というのも、メニュー全般《ぜんぱん》が思っていたより高かったのだ。

メイドのサービス料も含《ふく》められていると考えたらまぁ仕方ないな……と思うのだが、今日はそこまで散財する予定ではなかったので、正直に言うとちょっとつらい。

そこで正面に座る奏音と目が合う。

奏音も俺と同じことを思っていたらしく、その顔は「何を頼もう……」と困惑《こんわく》気味だ。

「好きな物を頼んでいいぞ」

こういう時に見栄《みえ》を張りたくなるのが、女子高生を前にした大人の男としての悲しい性《さが》だ。俺だけかもしれんが。

「でも……本当に大丈夫？」

「大丈夫だから気にするな」

「そっか。じゃあメイドさんと一緒《いっしょ》に写真が撮《と》れる、このコースにする」

奏音が指差したコースは、オムライスとサラダとドリンクがセットになっているコースだ。『オススメ！』と赤文字で主張されている。

予想するまでもなく、ひまりと一緒に写真を撮りたいんだろう。

俺は料金を黙《だま》って確認。

……よし。俺はドリンクだけ注文しよう。飯は帰ってからカップラーメンだ。

奏音にはあぁ言ったが、節約できるところはやっておかないとな……。


俺と奏音の心配をよそに、ひまりはしっかりした様子でよく動いていた。

他のお客さんに対して、実に堂々たる猫っぷり（？）で接している。

奏音はひまりの動く様子をチラチラと確認しながらオムライスを頬張《ほおば》っていた。

「あ。これ美味《おい》しい。店内で作ってるのかな？　冷凍《れいとう》っぽくない」

と小声で評するところは、長年料理と接してきたからこそだろう。

俺は猫型に曲がった可愛らしいストローで、ひたすらジンジャーエールを飲む作業に徹《てっ》していたところ――。

カシャッ、というカメラのシャッター音が鼓膜《こまく》を打つ。

気付いた時には、奏音がスマホを構えながらニマニマとしていた。

いや、直前までオムライスを食べていたのに、スマホを出すの早すぎだろ。

「かず兄の仏頂面《ぶっちょうづら》とその可愛い猫ちゃんストロー、マジで似合わない。ウケる」

「ほっといてくれ……」

自分に似合っていないことぐらいわかっとるわ。

でもそれを言ってしまうと、店内にいる男たち全員が似合ってない気がするんだけど。

まぁ……これは触《ふ》れてはいけないことだな。

非日常の空間を楽しむために来ているわけだし。

おそらく今後の人生で二度と使うことはないであろう猫型ストローを眺めてから、俺は残りのジンジャーエールを飲み干した。


メイド喫茶を後にした俺たちは、すっかり暗くなった夜の街を歩いていた。

「ところで、ちゃんと参考になったのか？」

「うん、すっごく。やっぱこういうのは実際に行って見てみるもんだねー。ありがと」

「それなら良かった」

「……それにしてもひまり、可愛かったね」

奏音はひまりと一緒に撮った写真を見ながらぽつりと呟く。

写真には水色のペンで『ありがとう♡』と書かれていた。

心なしか奏音が寂《さび》しそうに見える。ひまりが人気で他の客たちからの指名が続き、ほとんど俺たちのテーブルに寄らなかったせいだろうか。

「そうだな」

「それにすごくしっかり働いてて、家での姿とのギャップがあったよね」

一生懸命《いっしょうけんめい》に働くひまりは、普段のちょっと抜《ぬ》けた姿とは違《ちが》い堂々としていて。

正直に言うと、少し見直してしまった。

「私もバイトした方がいいかな……」

「奏音がしたいなら俺は止めないが——。理由が『金銭的理由で俺に申し訳ないから』というものだったらやめとけ」

奏音は目を丸くして俺を見つめる。

どうやらその通りだったらしい。

「金のことは気にするな」

やはりそれは気にして欲しくなかった。

奏音に満足な生活環境《かんきょう》を提供できている——と自信満々で首を縦に振れないのは事実だが、その穴埋《あなう》めを奏音がやる必要はないと思っている。

そもそも、奏音が買い物や料理をしてくれるだけで俺は十分すぎるほど助かっているわけだし。

「うん…………わかった」

奏音は感情の読めない声で答えると交差点で立ち止まる。俺もその横に並んだ。

改めて隣《となり》に並ぶと、奏音の背の低さがよくわかる。

でもこの小ささで、俺よりもずっとしっかりしているんだよな——。

「あ。見てかず兄」

「ん？」

先ほどの返事とはまったく違うテンションで話しかけられた。

奏音は葉の多い街路樹の一角を指差す。

そこには白い糸にくるまれた、縦に細長いフォルムの物体が植木の枝にくっついていた。

「お、これは……蝶《ちょう》の蛹《さなぎ》か？」

「だよね。私初めて見たかもしんない。こんな所にいるもんなんだねー。目の前は道路なのに」

「確かに、よく生き延びてきたな」

「蝶になるのも大変だねこりゃ」

歩道に街路樹が点在しているとはいえ、人間目線でもここらは蝶が生きるには厳しすぎる環境に見えてしまう。

それでも、こいつは今日まで生き延びてきた。

そこで信号が変わり、俺たちは人の流れに沿って歩き出す。

不意にひまりの爪《つめ》に貼《は》られた、蝶のシールがフッと脳内に浮《う》かんだ。

そうだな……。

俺が勝手な期待を抱《いだ》かなくても、ひまりならきっと――。

「かず兄？　どしたの？」

少し歩くのが遅《おそ》くなった俺に奏音が振り返る。

「いや、何でもない。すまん」

「そう？　ならいいけど。さっきの蛹を観察したいから持って帰るとか言いだしたら、どうしようかと思ったよ」

「そんな小学生みたいなことはしないっての！」

大人になってから、なぜか虫全般が苦手になってしまったし。

小学生の時はセミやカマキリを素手《すで》で持っていたのが今では信じられん――と、こんなところで自分の『大人』な変化を感じるのだった。

「駒村さん、チケット持ちました？」

「あぁ。問題ない」

「案内の紙は？」

「…………忘れてた」

「もう、ダメじゃないですか。あれがないと、どの教室で何をやるのかわかんないですよ。どこに置いてますか？　私取ってきます」

「リビングのテーブルの上に置きっ放しだ。すまん」

玄関《げんかん》からリビングに小走りで向かうひまり。俺はその背中を眺《なが》めながらちょっとだけ落ち込む。

年下に本気《マジ》モードで叱《しか》られると、結構心にダメージがくるな……。

気を取り直すため、両腕《りょううで》を突《つ》き上げて伸《の》びをする。

今日はいよいよ奏音の学校の文化祭だ。

ひまりと一緒に電車に乗り、奏音の学校へ。

朝一で家を出たのだが、校門を入ってすぐの場所には、既《すで》に多くの人が列をなしていた。

自分の母校ではないが『学校』という空間に入るのがかなり久しぶりなので、何だか懐《なつ》かしい気持ちが溢《あふ》れてきた。

「すごい……。もう人がいっぱいですね」

チケットを渡《わた》されたのは生徒の身内や知り合いだけだろうが、それでも結構な人数だ。

俺とひまりはちょっと圧倒《あっとう》されつつ、列の最後尾《さいこうび》に並ぶ。

そのタイミングで「ピンポンパーン」という小気味良いリズムで放送のチャイムが鳴った。

『本日は、花高祭にご来場いただき、誠《まこと》にありがとうございます。ただいまより、入場を開始します。ごゆっくり、お楽しみください』

放送時独特の、ゆっくりで丁寧《ていねい》な女の子の声。それでいてちょっと棒読みの放送が終わると、比較的《ひかくてき》おとなしく並んでいた人たちが俄《にわか》にざわめきだす。

前の方で受付係らしき生徒たちが、チケットの確認《かくにん》作業を始めたみたいだ。

俺は財布《さいふ》に仕舞《しま》っていた水色のチケットをひまりに渡す。

「私、他《ほか》の学校の文化祭を覗《のぞ》くのは初めてなのでとても楽しみです！」

チケットを見つめながら、テンション高めに言うひまり。

かくいう俺も初めてだったりする。

まぁ、高校生の文化祭だしな。まったり楽しもう。

受付係の人数が多く、列はスムーズに進んだ。

早速《さっそく》チケットをちぎってもらった俺たちは、ひとまず人の流れにそって進み――。

「わぁ……！　凄《すご》いです！」

視界に飛び込んできたのは、下駄箱《げたばこ》の前に飾《かざ》られた巨大《きょだい》なモザイクアートだった。

リアルタッチの犬と猫《ねこ》が左右に描《えが》かれ、真ん中には赤文字で「ようこそ」という文字がある。

そして端《はし》の方には手描《てが》きで『作成：生徒会』と書かれていた。

使われているのはこの学校の生徒ばかりを写したと思われる、膨大《ぼうだい》な数の写真だ。

近付いて見ると写真を寄せ集めたようにしか見えないのに、離《はな》れて見るとちゃんと一枚の絵として見えるのだから不思議だ。

「この中に奏音ちゃんもいるのかな？」

「もしかして捜《さが》すつもりか？　日が暮れるぞ」

「う……そうですよね……。ひとまず写真撮《と》りましょう写真！」

ひまりの催促《さいそく》で俺はポケットからスマホを取り出す。

皆《みんな》考えることは一緒《いっしょ》らしく、俺以外にも多くの人がスマホをモザイクアートへと向けていた。

写真を撮り終えた俺は、ひまりが持っている案内の紙を覗き込む。

初《しょ》っ端《ぱな》からレベルの高い展示に驚《おどろ》いてしまったが、まだまだここは入り口。

それに今日の一番の目的は、奏音のクラスのコスプレ喫茶《きっさ》だ。

「ひまり。奏音のクラスはどこだ？」

「ええと、確か奏音ちゃんは4組って言ってたから——ありました、ここです！　北館の三階ですね」

案内のプリントには校舎の地図も載《の》っている。

そこの『2—4』の教室を指差すひまり。

「よし。じゃあ早速向かうか」

「はい！　ふふ……。奏音ちゃんのコスプレ姿、楽しみだなぁ……」

怪《あや》しげな笑《え》みを浮かべるひまりの目が、一瞬《いっしゅん》キラーンと輝《かがや》いて見えたのは見間違いだろうか……。

とりあえず、俺たちは真っ先に奏音の教室に向かうのだった。

地図のおかげで、特に迷うことなく目的地である『2―4』の教室に着いた。

玄関で忘れてないか、と声かけをしてくれたひまりに改めて感謝だ。

この案内の紙がなかったら、間違いなく時間ロスになっていただろう。

それはともかく――。

「既に並んでるとは……」

ちょっと悔《くや》しそうに呟《つぶや》くひまり。

割と早く来た方だと思うのだが、ひまりの言う通り教室の外には既に待機列が形成されていたのだ。

とはいえ、開いた窓から中の様子を見ることができる。

そこには様々なコスプレに扮《ふん》した高校生たちが、客をもてなす為《ため》に動き回っていた。

オーソドックスなメイド衣装《いしょう》を着た子もいれば、魔女《まじょ》のような大きな黒い帽子《ぼうし》に黒マントの子もいる。

白タイツの王子様や、体格の良い男の子がピンク色の魔法少女の恰好《かっこう》をしていたり、馬面《うまづら》のマスクを被《かぶ》った上半身裸《はだか》の奴《やつ》、触覚《しょっかく》が生えた銀色スーツの宇宙人までいたりして、コスプレの種類はなかなかにカオスだ。

「お待たせしました。オレンジジュースだよ☆」

「麗《うるわ》しのお嬢様《じょうさま》、こちらリンゴのパウンドケーキでございます」

「レモンティーだにょろ！」

口調もキャラに合わせているせいか、聞こえてくる口調もバラバラで教室の雰囲気《ふんいき》は闇《やみ》鍋《なべ》状態。

だが、それがなかなかに面白《おもしろ》い。客もみんな笑顔だ。

「見て。あの子の衣装めっちゃ可愛《かわい》くない？」

「わ、本当だ。ていうか、あの子自体めっちゃ可愛い」

「それな」

前に並ぶ女子高生たちの会話が否応《いやおう》なしに聞こえてきたのだが、彼女たちの視線の先にいたのは、なんと奏音だった。

奏音は丈《たけ》が膝《ひざ》くらいのウエディングドレスのような物を着ていて、頭にはヴェールも被っている。

「………駒村さん。写真撮ってください」

静かに、それでいて鋭《するど》い声でひまりが呟く。

奏音を見つめる目は真剣《しんけん》そのものだ。妙《みょう》な迫力《はくりょく》があり、ちょっとだけ怖《こわ》い。

俺はひまりの要求通り、スマホを奏音に向ける。

奏音は接客で忙《いそが》しくしているので、まだ俺たちの存在に気付いてないみたいだ。

「これは実に良き……。涎《よだれ》が出そうです……」

「は？」

真剣な顔で意味不明なことを言うひまり。

やはりひまりの感性は、俺にはちょっとわからんな……。


五分ほど待つと中に入ることができた。

待っている間、ひまりはずっと奏音を見ながら「駒村さん。帰ったらさっき撮った写真、もう一度見せてくださいね」と何度も俺に要求してきたけど。

入った瞬間、奏音が俺たちを見て「あ」と声を上げて目を丸くする。

その様子を見ていたクラスメイトの女の子が「行ってきなよ」と小声で奏音に話しかけたのが聞こえた。

ちなみにその子は妖精《ようせい》のコスプレをしている。

幼稚園《ようちえん》のお遊戯会《ゆうぎかい》で見たことがあるような気がするが、高校生が着ると別の可愛さがあるな……。

席に案内された俺たちが座るのと同時に、奏音も俺たちの机にやってきた。

「二人とも来てくれてありがと。てか、来るの早いし」

「えへへ。真っ先に来ちゃいました。奏音ちゃん、そのドレス凄く可愛いです！」

「あ、ありがと……。コスプレ衣装を作るのが趣味《しゅみ》な子がいてさ。その子が大半の衣装を作ってくれたんだよね。でもまさか、私がこれを着る羽目になるとは思ってなくてさ……」

ドレスやヴェールの裾《すそ》を摘《つ》まみ、モジモジとする奏音。

「恥《は》ずかしがっている奏音ちゃんも、新鮮《しんせん》で大変良いですね……」

「な、何言ってんの⁉」

そういうひまりも、この間のメイド喫茶で同じような感じだったと思うのだが……。

まぁ、今はツッコむのはやめておこう。

「それで、何を頼《たの》む？」

奏音はテーブルの上に置いてあるラミネートされたメニュー表を、照れを誤魔化《ごまか》すかのように乱暴に指差す。

ドリンクとお菓子《かし》を一種類ずつ選べるらしい。

「私はリンゴジュースとプチパンケーキで！」

「俺はアイスコーヒーとシフォンケーキを貰《もら》おう」

「うぃ、了解《りょうかい》ー。ちょっと待っててね。ケーキ類は調理部が作ったやつなんだけど美味《おい》しいよ。私も味見したから」

そう言って白いヴェールを翻《ひるがえ》し、奏音は教室の端に向かう。

端の方にはジュースを入れてあるのだろうクーラーボックスと、たくさんのケーキ類がラップをかけた状態で置かれていた。

ほどなくして奏音は、注文したドリンクとケーキを持ってくる。

「お待たせー」

「ありがとう奏音ちゃん」

「実はプチパンケーキ、最初はメニューになかったんだ」

「え、そうなの？」

「うん。ひまりの店にデザートでパンケーキがあったっしょ？　それで軽く提案してみたら、急遽《きゅうきょ》採用になったんだよ。パウンドケーキとかと違《ちが》って、なくなりそうになっても家庭科室ですぐ焼けるからって」

「そっかー……。えへへ。参考にしてもらって何だか嬉《うれ》しいです」

俺はひまりの店のメニューを全部見ていないので、パンケーキがあったことに気付かなかった……。

とはいえ、あの視察がちゃんと活《い》かされているってわけだな。

自分が何かしたわけではないけど、ちょっと嬉しくなる。

「交代制だから私も後で見て回るんだけど、友達と一緒に行く約束をしてるからさ……。あ、でもちょっとだけなら一緒に回れるかも」

「いつから休憩《きゅうけい》時間だ？」

「十一時からだよ」

「じゃあその時間になったら合流しましょう！」

「わかった。それまでは二人で楽しんでね。展示や屋台だけでなく、ステージもあるみたいだし」

「うん。他《ほか》にも見て回ってみるね！」

微笑《ほほえ》み合う二人を眺《なが》めつつ、俺は控《ひか》えめサイズのシフォンケーキを食べる。

うむ……。

ふんわり柔《やわ》らかく甘さも程《ほど》よい。これは大人を対象とした味だな。

俺の頭の中にいるスイーツ鑑定士《かんていし》は、合格の〇印を掲《かか》げたのだった。

ケーキを食べ終えた俺たちは、奏音の教室を出てから再び案内の紙を見ていた。

校内の地図だけでなく、体育館のステージで開催《かいさい》される劇や歌、ダンスなどのプログラムも書かれている。

「次はどこに行きましょうか？」

「うーん……。先に食い物系を回ってみるか？　後からだと売り切れになるかもしれないし」

「確かにそうですね。食べられなくて後悔《こうかい》するより、満腹感で後悔したいです。では屋台が集まっている中庭に向かいましょう！」

早速《さっそく》歩き出すが、ひまりの足取りがやけに軽《かろ》やかだ。

実に楽しそうな様子が伝わってきて、つられて口の端《はし》が上がってしまう。

「それにしてもさっきの奏音ちゃんのコスプレ、とても可愛かったですね……」

「確かに可愛かったな」

「私も、いつかウエディングドレスを――」

と言いかけて、ひまりは「あ、な、何でもないです！」と手をパタパタと振《ふ》った。

まぁ、俺も反応に困るからその方が助かる。

「私たちの前に並んでいた女の子たちが奏音ちゃんを褒《ほ》めてて、私も鼻が高かったですよ。『どや。うちの奏音ちゃんは可愛いやろ？　ふふん』って」

何でいきなり関西弁？　というか、完全に身内の心境じゃないかそれ……。

いや、確かに身内と言えば身内だけれども。

でも、そうだよな……。

俺たちは歪《いびつ》な同居をしているわけだが、これまで一緒《いっしょ》に暮らしてきた日々を振り返ると、もう家族みたいなもので――。

――あと、一ヶ月と少し。

突然《とつぜん》、ひまりが決めた期限が頭の中を掠《かす》めていく。

余裕《よゆう》があるようでいて、きっと体感的には短いだろう。

彼女との別れを想像して『寂《さび》しい』と感じてしまっている自分の心を、もう否定するつもりはなかった。


屋台の食べ物を一通り食べよう――と意気込んで行った俺たちだが、結果的に二品食べただけで終えてしまった。

というのも、最初に食べたのが『ジャンボ唐揚《からあ》げ』、次に食べたのが『カレー』という腹に溜《た》まるメニューだったからだ。

手前にある店から順番に行っただけなのだが、完全に戦略ミスだ。

正直に言うと俺はまだいけるのだが、ひまりを差し置いて俺だけ——というのも気が引けるので彼女に合わせることにした。

「うー……思った以上にお腹《なか》に溜まってしまいました。フランクフルトやタコ焼きやクレープも食べたかったのに……」

「ひとまず体育館にでも行くか。少し経《た》ったらまた食べられる状態になるかもしれないし」

「そうします……」

奏音だったら屋台のメニュー全部食べても余裕そうだよな。

と、ついそんなことを考えながら中庭を後にするのだった。

体育館に入ると、ステージ以外の照明が落とされていた。

ステージ上では、複数の女の子たちがアップテンポの曲に合わせて踊《おど》っている。

「今はダンス部のステージみたいですね」

ひまりがプログラムを確認《かくにん》しながら言う。

様々な色のスポットライトが派手に点《つ》いたり消えたりしているので、ひまりのその横顔も鮮《あざ》やかになっていた。

女の子たちは一糸乱れぬ激しい動きを披露《ひろう》し続ける。この日のために相当練習したことが窺《うかが》える動きだ。

彼女たちの懸命《けんめい》な様子に触発《しょくはつ》されてか、かつて自分が打ち込んできたことが脳内を掠めていく。

俺は確かに『特別』にはなれなかったけれど。

一つのことに一生懸命《いっしょうけんめい》だったあの日々は幻《まぼろし》ではなく。確かに事実として自分の中に在《あ》り続けているわけで――。

そして彼女たちは、間違いなく『今』一生懸命だ。

ステージ上で動き回る名前も知らない年下の女の子たちが、俺にはやけに眩《まぶ》しく見えた。

ダンスが終わると、次は演劇部による劇が始まった。

『人魚姫《ひめ》』という乙女《おとめ》チックな題目だが、主役の人魚姫に始まり、王子様役、修道女役、魔女《まじょ》役、そして人魚姫の姉たちなど、ステージに現れた役者たちは全員男だった。

切ない話なのに、体格の良い男たちが裏声で台詞《せりふ》を言うものだから、客席からはひっきりなしに歓声《かんせい》と笑い声が上がる。俺も雰囲気《ふんいき》につられてつい笑ってしまった。

裏声だらけの人魚姫はそのまま進んでいき――。

「いやぁ、楽しかったです。性別転換《てんかん》ネタは二次元でも三次元でも美味しいですね」

「美味しいのか……」

「はい。それにしても、人魚姫かぁ……」

どこか寂《さみ》しげに呟《つぶや》いたひまりは、俺の方を見て――。

ひまりの目から一粒《ひとつぶ》の涙《なみだ》が落ち、スルリと頬《ほお》を伝った。

「――!? どうした!?」

「い、いや、あの……ごめんなさい。さっきの劇、楽しかったんですけど、やっぱりお話は悲しくて……」

「確かに切なかったもんな……」

人魚姫――。俺も概要《がいよう》を知ったのは初めてだった。

姉たちと楽しく暮らしていた人魚姫。15歳になると人間の世界に行くことができるようになるという決まりがあり、人魚姫も15歳になるのを楽しみにしていた。

そしてついにその日。海から顔を出した人魚姫は、船上にいた王子に一目《ひとめ》惚《ぼ》れをする。

だが突然《とつぜん》嵐《あらし》に襲《おそ》われ王子は船から海に落ちてしまうが、人魚姫が彼を助け浜辺《はまべ》で声をかけ続ける。

しかし人の気配を感じた人魚姫は咄嗟《とっさ》に海に隠《かく》れてしまう。やってきたのは修道女で、倒《たお》れている王子を介抱《かいほう》。そのタイミングで目覚めた王子は、修道女が自分を助けてくれたのだと勘違《かんちが》いをしてしまう。

自分も人間になって王子の側《そば》にいたいと強く思った人魚姫は、魔女に「人間にしてほしい」と頼む。

魔女は代償《だいしょう》として声を失うこと、また王子が他の人間と結ばれた時は、泡《あわ》となって消えてしまうことを告げる。その条件を受け入れた人魚姫は人間になる薬を飲み、王子の城の近くで眠《ねむ》ってしまう。

目覚めた人魚姫の前に想《おも》い人である王子が現れるが、声を失ってしまった人魚姫は何も話すことができない。それでも王子は人魚姫を城に連れ帰り、一緒に暮らすこととなる。だけど、王子は自分を助けてくれた修道女を想い続けていた。本当に王子を助けたのは自分なのだと人魚姫は言いたいが、声を出せないのでそれは叶《かな》わない。

やがて王子に、隣国《りんごく》の姫との結婚《けっこん》話が持ち上がる。その姫こそ、王子が想い続けていたあの修道女だった。

このままでは人魚姫が泡となって消えてしまう——と危機感を覚えた姉たちが人魚姫にナイフを渡《わた》して彼を殺すように伝えるが、人魚姫は結局王子を殺すことができず——。

人魚姫は自ら海に飛び込み、泡となって消えてしまった。

——という、悲恋極《ひれんきわ》まりないものであった。

ラストの『泡になる』というぼんやりとした部分だけは知っていたが、その過程がこういうものだったとは……。

感受性が強そうなひまりが泣いてしまってもおかしくはない。

「あの……もしも、なんですけど。もし、駒村さんが王子だったとして……」

「ん？」

いきなりなんだ、その前提は？　俺が王子？

面食《めんく》らいながらも、俺はひまりの言葉の続きを待つ。

「もし……人間になった人魚姫が声を出せていたら……駒村さんは、どうしていたと思いますか？　王子の駒村さんは、人魚姫と結婚していたと思いますか？」

「そう、だな……。たぶん、していないな」

「——え」

「仮に人魚姫が『助けたのは自分』と言ったとしても、人間になった人魚姫が俺を助けたという証拠《しょうこ》は何もない。だから、既《すで》に修道女に抱《いだ》いている気持ちの方を優先するんじゃないかな。……たぶん」

「人魚姫が『あなたのことが好きです』と言ってもですか？」

明度の落ちた体育館の照明が照らすひまりの目は、とても真剣《しんけん》なもので——。

そして、俺は察してしまった。

これは、『もし』を借りたひまりの胸の内——。

架空《かくう》の話ではなく、彼女の気持ちを乗せたものなのだと。

俺は小さく息を吐《は》き——意を決して口を開く。

「あぁ、変わらない。俺は人魚姫とは結婚しない」

「……………そう、ですか……」

ひまりが悲しげに目を逸《そ》らす。

チクリと胸が痛んだのは、良心がある部分だろうか。

もしかしたら、ひまりの中で俺は王子様並みの存在になっているのかもしれない。でも、俺は王子様なんかじゃない。

ただの、平凡《へいぼん》な会社員だ。

そもそも俺は、電車で初めて会った時ひまりを助けられていない。声を掛《か》けただけだ。

家に泊《と》まることを許可したのも奏音が言ったから。奏音がいなかったら早々に追い出していた。

俺は、ひまりが期待するような人間じゃないんだ。なのに――。

「……もうすぐ十一時だ。行こう」

奏音の休憩《きゅうけい》時間が近付いていることに気付き、俺たちは体育館を後にする。

ひまりはしばらく無言のままだった。


再び教室まで行くと、ちょうど奏音が廊下《ろうか》に出てきたところだった。

「お。時間ピッタリだね」

「奏音ちゃんは衣装《いしょう》はそのままなの？」

「うん。休憩が終わったらまたやるからね。ちょっと恥《は》ずかしいけど似たような恰好《かっこう》してる子はいっぱいいるし、まぁいいかなって」

確かに先ほど見たダンス部の子など、ステージ衣装のまま歩き回っている姿をチラホラと見かける。そう考えると奏音も大して変わらないだろう。

「そんなに時間もないし、ちゃちゃっと回りますか。屋台に行きたいんだよねー」

「そう言うと思ってた」

大食いの奏音だ。食べ物を無視するとは考えられないからな。

奏音は「むぅ」と唇《くちびる》を尖《とが》らせる。

「あ、私はもうお腹いっぱいなので食べるのは結構です」

遠慮《えんりょ》がちにひまりが挙手する。さっき食べた唐揚げとカレーはまだ胃に残っているらしい。

「そっかー……。あ、じゃあ手繋《つな》ご」

「うん！」

どうして『じゃあ』からその流れになるのか、俺にはサッパリ理解できなかった。これが現役《げんえき》女子高生とアラサー男との差か。

いや……。たとえ俺が今高校生だったとしても、やっぱりこの流れは理解できない気がする。

とはいえ、体育館を出てから消えていたひまりの笑顔《えがお》が戻《もど》ったので、そこは安堵《あんど》していた。

俺が原因なのだが、やはり奏音もひまりにも笑っていてほしい。

そう願ってしまうのは、ただのエゴだろうか。

屋台のある中庭に着くなり、奏音は目をキラキラと輝《かがや》かせた。本当にわかりやすいな。

「ひまりはさっき何食べたの？」

「唐揚《からあ》げとカレーです」

「お、がっつりいってんじゃん。じゃあ私もそれにする！」

テンション高めに、まずはジャンボ唐揚げの屋台に並ぶ奏音。俺とひまりは少し離《はな》れて待つ。

程《ほど》なくして唐揚げを手に戻ってきた奏音は、「ちょっと持ってて」と俺に唐揚げを押し付けてから今度はカレーの屋台に並んだ。

また俺たちの許《もと》に戻ってきた奏音は、意気揚々《いきようよう》とカレーの上に唐揚げを載《の》せる。

「なるほど……。俺もそうやって食えば良かった」

「へへーん。美味《おい》しい物は組み合わせてなんぼっしょ」

「奏音ちゃん。衣装を汚《よご》さないように気をつけてくださいね」

「むぅ。確かに白い衣装にカレーは天敵。そう言われると緊張《きんちょう》しちゃう……」

「あ。教室が飲食スペースになってますよ。座って食べましょう」

というわけで、中庭の側にある教室に移動する俺たち。一階の教室のいくつかは飲食用の場所として提供しているようだ。さっきは屋台を見るのに集中してたから気付かなかった。

教室に入り、俺とひまりは奏音が唐揚げカレーを食べる様子を見守っていたのだが——。

奏音は驚《おどろ》くべき速さでカレーを平らげてしまった。

カレーは飲み物という言葉を聞いたことがあるが、唐揚げも飲み物だったのか？　と一《いっ》瞬《しゅん》思ってしまうほどだった。

奏音、家で食べる時はスピードも相当抑《おさ》えているんだろうな……。

「奏音ちゃんの食べっぷり、見ていて清々《すがすが》しいというか気持ち良いですね」

「ほんとにな……」

ひまりはそこで小さく噴《ふ》き出した。

「な……なんなのさーひまり。今日くらい別にいいでしょ……」

「ごめんごめん。ただ、奏音ちゃんの恰好が……。結婚式でお料理を一心不乱に食べる花《はな》嫁《よめ》さんに見えちゃって、つい」

「ふぐっ!?」

奏音は呻《うめ》くと顔を赤くする。

「うん。でも本当に奏音ちゃん花嫁さんみたいです。綺麗《きれい》で可愛《かわい》いし、料理もできる理想のお嫁《よめ》さんだよね。いいなぁ」

「な、ひまり!?　何言ってんの!?」

うろたえながらも、奏音は一瞬だけ俺の方を見た。

白い花嫁姿の奏音は、高校生の幼さと大人っぽさが同居していて確かに綺麗だと思う一方で。

『卒業してもかず兄のためにご飯作るよ……？』

咄嗟にこの間のことを思い出してしまった俺は――。

「確かにそうだな。今度から俺にも料理を教えてくれ」

瞬間、奏音の肩《かた》がピクリと震《ふる》え、顔が強張《こわば》る。

「奏音ちゃん……？」

「…………」

今の俺の言葉がどういう意味を指しているのか、おそらく彼女は理解した。

奏音は「ん、わかった」と小さく返事をするが、その顔は無に近かった。

すまない奏音……。

でも、俺は――。

「あ、ええと、そういえば飲み物買ってなかったなって。喉渇《のどかわ》いたしジュース買ってくる」

スッと立ち上がった奏音に「あ、私も喉渇きました」とひまりも続く。

二人に遅《おく》れて俺も教室を出た。

……奏音なら、俺なんかよりもっと良い男が似合うと思うんだ。

無限の可能性を持つ若い子の心を、こんな平凡で取り柄《え》のない男で縛《しば》るのは良くないことだと思う。

そう考える一方で、明確に奏音の心を傷付けてしまったことに対して、言いようのない罪悪感が襲《おそ》ってくる。

奏音もひまりも、どうして俺なんだ——。


その後、奏音はまたコスプレ喫茶《きっさ》の当番に戻っていった。

展示コーナーをぐるっと見て回っても結局ひまりの胃に空きはできず、俺たちは少し早めに学校を後にする。

まぁ、一番の目的である奏音のコスプレ喫茶は行けたからな。俺は特に心残りはない。

ひまりは「フランクフルト……タコ焼き……クレープ……」と未練たらたらだけど。

フランクフルトもタコ焼きもクレープも、スーパーやコンビニでいつでも買えるわけだが——でもきっとそうじゃないんだよな。

非日常な場所で食べることが楽しいんだよな。

「あの、駒村さん。ちょっと寄りたい所があるんですが……」

駅に向かっていた途中《とちゅう》で、突然《とつぜん》ひまりが口を開く。

「ん、どうした」

「えぇと……その、本を買いたいなと思って。もちろん、お金は私のバイト代から出しますので」

「そうか。本屋に行くくらいなら別に構わないぞ」

ひまりが家に来てから、確かに本を一切購入《いっさいこうにゅう》していない。まぁ、俺が元々そんなに買う方ではなかったわけだが。

でもひまりは漫画《まんが》が大好きみたいだし、ずっと漫画のない生活は確かにつらいだろう。

そういうわけで、俺たちは寄り道をすることになった。

ひまりの先導でやってきたのは、いわゆる『オタク系』の店が並ぶ界隈《かいわい》だった。

休日なだけあって通りを歩く人が多い。

ひまりのメイド喫茶に行った時も思ったのだが、俺はこういう店が並ぶ場所にはほとんど行ったことがないので、目に入る店全《すべ》てが珍《めずら》しく映る。

ちょっとした観光気分で歩いていた、その時。

突然ひまりが俺の腕《うで》を強く引き、ビルとビルの間の細い路地に引っ張っていく。

「——⁉　ど、どうしたひまり⁉」

ひまりは答えない。薄暗《うすぐら》く、細い路地の奥へ急ぐばかりだ。

俺の腕を強く握《にぎ》る彼女から伝わってくるのは、強い焦《あせ》り。

濃《こ》い油の匂《にお》いが漂《ただよ》っている。これは中華《ちゅうか》料理屋の裏手だからか。

「すみません、駒村さん……。ちょっと隠《かく》れさせてください」

ようやく足を止め、小声で呟《つぶや》くひまりの顔は青い。

ひまりはビルの壁《かべ》にピタリと背を付け、電気メーターで顔が隠れるようにする。

そして俺の服の裾《すそ》をギュッと摘《つ》まむ。その手は少し震えていた。

人がすれ違《ちが》えないほど狭《せま》い場所なので、まるで俺がひまりを『壁ドン』しているような恰好《かっこう》になってしまった。

理由を問おうとした直後、先にひまりが口を開く。

「そこに、私の……私の家の関係者がいたんです……。まさか、ここまで捜《さが》しに来てるなんて……」

それを聞いた瞬間、自分の体温が一気に冷えていく感覚を覚えた。

「……どういう人だ？」

「二十歳くらいの若い女の人です。長い黒髪《くろかみ》で、背は私よりちょっと高くて。白いシャツを着ていて……」

俺は横目で通りの方を見る。

細い路地裏から見えるのは、老若男女《ろうにゃくなんにょ》様々な人間が一瞬で通りすぎていく様子。こんな薄暗くて狭い場所に目を向ける者はいない。

だがそれでも俺は、ひまりが通りから見えないように腕でそっと彼女の体を囲う。

通りから聞こえる賑《にぎ》やかな音とは裏腹に、痛いほどの緊張感《きんちょうかん》が俺とひまりの周囲にだけあった。

しばらく通りを眺《なが》めていたら——。

「あ………」

ひまりが言った特徴《とくちょう》の女性がちょうど通りかかり——。

そして、一瞬目が合った。

まるで獲物《えもの》を狙《ねら》う肉食獣《にくしょくじゅう》のような、とても鋭《するど》い眼光だった。

「——っ！」

思わず息を呑《の》んでしまう。

落ち着け。ひまりの姿は見えないはずだ。

向こうから見たら、俺たちは狭い路地裏でイチャついてる男女にしか見えないはずだ。こちらを見た女性は——。

『見てはいけないものを見た』といった様子でそのまま前を向き、通りすぎていった。

心臓が倍の速度で脈打っているのがわかる。

背中にじわりと嫌《いや》な汗《あせ》も滲《にじ》む。

止まっているのに、まるで走った直後のように呼吸が乱れていた。

俺はしばらくの間動かなかった。いや、動けなかった。


どれくらいの間、俺たちはそうしていたのだろうか。

ただ、俺はその間何も考えることができなかった。

ひまりを家に匿《かくま》っていることがバレたらどうしようとか、それさえも考えることができなくて。

ただ、頭の中が真っ白だった。

「あ、あの……駒村さん……」

ひまりの呼びかけにようやく俺は我に返る。

今さらだが、ひまりとの距離《きょり》が随分《ずいぶん》近いな——と、そのことに関してだけは妙《みょう》な余裕《よゆう》があった。

「まだ、いますか？」

「……ちょっと見てくる」

ひまりから離《はな》れ、俺は路地裏から通りに出る。

先ほどの女性が向かった方角を念入りに見るが、それらしき人物は見当たらない。

俺は手で丸印を作り、無言のままひまりに伝える。

ひまりはおそるおそる路地裏から出てきた。

「なぁ、さっきの人は——」

「それは……。歩きながらじゃなくて、帰ってからお話ししてもいいですか……？」

確かに、今は一刻も早くここから離れた方が良いだろう。というか離れたい。

寄り道を取りやめ、俺とひまりは足早に駅に向かうのだった。

※　※　※

文化祭を終えた学校の中では、全員による片付けに入っていた。

奏音のクラスも皆《みんな》制服に着替《きが》え終え、着々と撤去《てっきょ》作業が行われている。

「いやぁ。あんなに人が来るとは思わなかったね」

「ほんとほんと。そういや奏音、この前のいとこちゃんが来てたじゃん」

「もう一人のお兄さんもいとこなんだっけ？」

壁の飾《かざ》り付けを剝《は》がしながら、ゆいことうららが奏音に言う。

「あ……うん。二人とも来てくれて良かったよ。ちょっと恥《は》ずかしかったけど……」

「またまたぁ、そんなこと言っちゃって。超《ちょう》似合ってたじゃんドレス」

「うーん。あれは誰《だれ》が着ても似合うと思うけどな……」

「そんなものかねぇ？　奏音だからこそっしょ」

「そうそう、私は無理だって。あの膝丈《ひざたけ》は無理！」

お喋《しゃべ》りをしながらも、片付けはどんどん進んでいく。

準備はとても時間がかかったのに、片付けるのは倍以上のスピードで進んでいくのが少し寂《さび》しいな――と奏音は思う。

今年の文化祭は本当に楽しかった。

楽しかったけど――心にとても大きなモヤモヤも残ってしまった。

（私は、かず兄に拒絶《きょぜつ》されたのかな……）

あれは純粋《じゅんすい》に料理を教えてほしいという心から言った言葉かもしれないし、そうじゃないかもしれない。

ただ考えると、どんどん悪い方に思考が向いていく。

奏音はぷるぷると頭《かぶり》を振《ふ》ってその悪いものを追い払《はら》う。

今は片付けに集中しなければ。

ちなみに今日の文化祭に、母親が来ていないことはわかっていた。

母親に送った文化祭のチケットの写真に、今朝の時点で既読《きどく》の文字が付いていなかったからだ。

でも母親は去年も仕事で来ることができなかったので、それに関しては奏音は特にがっかりはしていない。

小学生の時から参観日で幾度《いくど》となく経験してきた『いつものこと』だ。

「あー……ごめん。ちょっとトイレ行ってくる」

「あいよ。いってらっしゃーい」

教室を出て、奏音は小走りでトイレに向かう。

トイレには誰もいなかった。すぐに手前の個室に入り扉《とびら》を閉めたそのタイミングで、スカートのポケットに入れていたスマホが振動《しんどう》した。

奏音はポケットからスマホを取り出し、画面を確認《かくにん》すると。

「え――」

思わず声を出して固まってしまった。

スマホの通知欄《らん》にあったのは、SNSのアイコンと『お母さん』という名前。

――まさか、今返事がくるなんて。

これまで何を送っても返事がなかったというのに。

一体、何が書かれているのだろうか……。

奏音は震《ふる》える指でその通知をタップする。

SNSの画面が開き、そこに書かれていたのは二つの短い言葉。

『ちょっと疲《つか》れた』

『ごめん』

「…………」

しばらく奏音は、その二行をジッと眺めていた。

やがて奏音の目から、とめどなく涙《なみだ》が溢《あふ》れ始める。

どういう意味が込《こ》められた言葉なのか、これだけでは真意はわからない。

けれど奏音の胸いっぱいに広がるのは、ただただ悲しくてやるせない気持ちだった。

※　※　※

家に帰ってお茶を飲んだ俺とひまりは、お互《たが》い無言でキッチンに立っていた。

「駒村さん……」

ひまりの呼びかけに、俺は思わず身構える。

『さっきの続き』を聞くために。

ひまりは鉛《なまり》のように重い息を吐《は》き、また息を吸って――そしてようやく「私の家は――」と切り出した。

「おじいちゃんの代から、剣道《けんどう》の道場を経営しているんです……。全国大会に行く人をたくさん輩出《はいしゅつ》していて、業界内では割と有名なんです……」

ひまりは息を継《つ》いでから、さらに続ける。

「さっきの人は、私が子供の頃《ころ》から道場に在籍《ざいせき》していて……。私もよく遊んでもらってた方なんです。そして、私の趣味《しゅみ》についてもよく知っていて――。どうしよう駒村さん。私、見つかってしまうかもしれません……」

泣きそうな顔で訴《うった》えるひまりに、俺は何も返すことができない。

ただ、激しい焦燥感《しょうそうかん》だけが胸に広がるばかりだった。

つづく

あとがき

こんにちは、福山陽士《ふくやまはるし》です。二巻もお手に取ってくださってありがとうございます。
二巻を先に読んだ——という超《ちょう》希少種な方、はじめまして。一巻も読んでね。

さて、今回はあとがきページが多いです。

でもネタバレはしたくないし、そもそもあとがきで本編についてつらつらと語るのが好きではないので、ここのネタを出すのが大変だったりします。

頑張《がんば》れ私……頑張れ……。

というこちらの制作事情はさておき。

和輝《かずき》たちはマンション暮らし——ということで（？）今回は私が今まで暮らしてきた家を振《ふ》り返ってみようと思います。

今まで六回引っ越《こ》ししているんですよね……。

しかもほぼ一年周期、さらに毎回準備は一人でやっていたので、何かもう、色々と大変でした。誰か褒《ほ》めて……。

とりあえず皆《みんな》も引っ越しをしたらカーテンは真っ先に付けよう。ないと朝日が眩《まぶ》しすぎるし、夜は外から丸見えだぞ……。

では一軒《けん》目。

間取り2DKの部屋。六畳間《じょうま》の和室が二つという間取り。

二階建てアパートの一階で、庭と呼ぶには貧相《ひんそう》な物干し置き場がありました。

70年代~80年代に築？　だったのか、台所の床《ゆか》の模様がとても時代を感じるものでした。

オレンジ色ベースで、花柄《はながら》模様がいっぱいあるやつ（伝われ……）。

ここで不便だったのは、浴槽《よくそう》が正方形で狭《せま》かったことと、洗面台がなかったこと。

台所の流しで歯磨《はみが》きやらうがいやらをするのが、かなり抵抗《ていこう》ありました。次の家は絶対に洗面台がある所にしようと決意。

ある日、部屋の電気を消したままパソコンでゲームをしていたら、突然《とつぜん》庭に繋《つな》がる窓が、静かにカラカラと開いていくではありませんか。

咄嗟《とっさ》に「誰？」と声を出したら気配は消滅《しょうめつ》。慌《あわ》てて見に行くと、片手を上げながらお隣《となり》さん方面に向かって歩いて行く、作業着姿の男性がおりました。

それを見た私、「お隣さんが家の鍵《かぎ》を忘れて庭から入ろうとしたけど、うちと間違《まちが》えて開けちゃったのかな？」という考えに至り、電気を点《つ》けてから再びゲームに戻《もど》る。

一時間くらい経《た》ってからようやく「いや、あれって泥棒《どろぼう》だったのでは……？」という思考になったのでした。

若い頃《ころ》の私、我ながら脳天気すぎる……。


二軒目は平屋の２ＬＤＫでした。

これも70年代築——と書いていたのですが、完全にリフォームしていたので、中は新築同様。和室とフローリングの部屋はどちらも六畳で、キッチンもリビングも広い！　やったね！

洗面所もあるし風呂《ふろ》も広いし、しかもお風呂の給湯器まであるから「お風呂が沸《わ》きました」と教えてくれる！　何て現代的！

あ、前の所もここも、岡山《おかやま》の田舎《いなか》なので家賃も安いです。てか、都会が狭くて高いんじゃ……。

文句なしに良い所でした。が、お隣さんが某《ぼう》かまぼこ会社の社長さんのおうちだったので、めっちゃ立派で広いそちらの家のインパクトが凄《すご》くてですね……。

すげぇよかまぼこ御殿《ごてん》……すげぇよ……。

あと、何回か不思議議現象が……。

和室を寝室《しんしつ》にしていたのですが、深夜目覚めた時、リビングに置いてあるパソコンのキーボードが、勝手にカチャカチャ鳴っているのが聞こえてきてですね……。

寝惚《ねぼ》けた私の耳が作り出した幻聴《げんちょう》だったのさ、と何も聞こえない振《ふ》りをしたのですが、あの時の音はめっちゃ怖《こわ》かったです……。しかも一回じゃないから。


三軒目。二階建てアパートの一階、2DKの部屋。

以前泥棒に入られかけても、やはり一階の家賃の安さには勝てんのや。

この時は某飲食店で働いていたのですが、その宅配エリアに入っていた場所でして。

店長から「あー、〇〇ベルデね！」と速攻《そっこう》家を特定されてしまったという。

前の道路が一方通行で、そこがちょっとばかり不便でした。

でも駐車場《ちゅうしゃじょう》に『メルヘンのパン屋』という移動販売車が来てくれてですね……（たぶん岡山県民しかわからん）。

実家近くにも来ていたメルヘンのパン屋が、こんな所でも買えるとは……！　とそれがとても嬉《うれ》しかったです。

四軒目。ここで岡山を出て初めて大阪《おおさか》へ。

六階建てのマンションの四階。２ＤＫの部屋。

行く前に職場の人に引っ越す地域を言ったら「やめとけ……」と満場一致《いっち》で言われたけど、仕事場的にどうしようもなかったんや……。

そして言われた通り、かなりエキサイティングな場所でした。

昼間から交差点で酔《よ》ったおじさんが奇声《きせい》を上げ、近くの小学校の校長がセクハラで逮捕《たいほ》され、狭い範囲《はんい》なのに一ヶ月の間に殺人事件が何回かあるのは当たり前。

スーパーが閉まるのが20時と、かなり早かったです。

最初は「お年寄りが多いからかな？」と思っていたのですが、夜になると治安が悪いから早く閉まってたんだな……と次第《しだい》に世の真理を悟《さと》る……。

そんな中、ママチャリでスーパーに向かっていたある日。

「今日は裏道を通って少しだけショーカットしよう」と狭い裏道を通ったら――。

そこがヤ〇ザの事務所の前で、しかも黒い服を着た集団が、黒い車から出てくる偉《えら》い人をビシリと整列してお出迎《でむか》え――という場面に遭遇《そうぐう》してしまったという。

どんなタイミングやねん……とこの時ほど自分にツッコんだことはなかったです。

舎弟《しゃてい》達の視線が痛い中、何事もないかのようにママチャリで通り過ぎましたとも……。

そんなドキドキハラハラな場所でしたが、マンションの前に焼き芋《いも》屋さんが止まるのは好きでした。

と、気付いたら残りページがあと少しになってしまっている……。

五軒目はまぁ、特にないので飛ばしてもいいだろう。うん。

てことで、前回書き切れなかった友梨《ゆうり》の誕生日と資質を掲載《けいさい》です。

・道廣《みちひろ》友梨　5月20日生まれ　牡牛座《おうしざ》

優《やさ》しくて社交的、癒《い》やし系

感受性が強く繊細《せんさい》

自信がなくて周囲に流されがち

ちょっと臆病《おくびょう》で傷つきやすい

参考文献《ぶんけん》：誕生日大全（主婦の友社）

では謝辞に移ります。

担当様。厚切り牛タンが食べたいです。

シソ様。一巻から引き続き、素敵《すてき》なイラストを付けてくださってありがとうございます。一巻の時もそうだったのですが、イラストが付いたことで、ようやく私の中で彼ら、彼女らをちゃんと生きたキャラクターとして認識《にんしき》できた気がします。引き続き、よろしくお願いいたします。

読者様。何かもう、本当にありがとうございます。めっちゃありがとうございます。感謝感激でございます。

……。どうして感謝を表現する言葉ってこんなに少ないんだろう……。

あと、お手紙くださった方もありがとうございます。凄く嬉しいです！

（→現在『お手紙くださった方全員に折り本プレゼント』企画やってます。詳《くわ》しくはブログを見てね。『はるしらせ』で検索《けんさく》……！）

今回は露骨《ろこつ》に『次巻につづく』というところで終わってます。

いや、これまでの本もそうだったのですが（最初にラストを決めてからそこに向かって話を続けていくタイプ）。

では、また次の巻でお会いしましょう。

お便りはこちらまで

〒一〇二―八一七七
ファンタジア文庫編集部気付
福山陽士（様）宛
シソ（様）宛

富士見ファンタジア文庫

1LDK、そして2JK。Ⅱ

～この気《き》持《も》ちは、しまっておけない～

令和２年４月20日　初版発行

著者――福《ふく》山《やま》陽《はる》士《し》

発行者――三坂泰二

発　行――株式会社KADOKAWA
〒102-8177
東京都千代田区富士見2-13-3
0570-002-301（ナビダイヤル）

印刷所――株式会社暁印刷

製本所――株式会社ビルディング・ブックセンター

※定価はカバーに表示してあります。
●お問い合わせ
https://www.kadokawa.co.jp/（「お問い合わせ」へお進みください）
※内容によっては、お答えできない場合があります。
※サポートは日本国内のみとさせていただきます。
※Japanese text only

ISBN978-4-04-073437-8 C0193

Printed in Japan

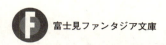

騙しあい。

各国がスパイによる戦争を繰り広げる世界。任務成功率100%、しかし性格に難ありの凄腕スパイ・クラウスは、死亡率九割を超える任務に、何故か未熟な7人の少女たちを招集するのだが――。

シリーズ
好評発売中！

ファンタジア文庫

世界最強の
“不可能任務”に挑む少女たちの
痛快スパイファンタジー！
スパイ
教室
竹町
illustration
トマリ

ファンタジア文庫
しかも客は「妹になれば、真島が可愛がってくれるんだよね？」
美少女同級生の初葉!?ぐいぐい甘える彼女の距離は近すぎて――
妹になったら…
今すぐ好きになってくれるよね！
美少女
バイト
お兄ち
Sister

切り拓け！キミだけの王道
ファンタジア大賞
原稿募集中！
賞金
《大賞》300万円
《金賞》50万円
《銀賞》30万円
選考委員
細音啓「キミと僕の最後の戦場、あるいは世界が始まる聖戦」
橘公司「デート・ア・ライブ」
羊太郎「ロクでなし魔術講師と禁忌教典《アカシックレコード》」
ファンタジア文庫編集長
前期締切 8月末日
後期締切 2月末日